OS SUBSTITUTOS

BERNARDO CARVALHO

Os substitutos

Companhia Das Letras

Copyright © 2023 by Bernardo Carvalho

*Grafia atualizada segundo o Acordo Ortográfico da Língua Portuguesa de 1990,
que entrou em vigor no Brasil em 2009.*

Capa
Daniel Trench

Foto de capa
Rogério Assis

Preparação
Márcia Copola

Revisão
Renata Lopes Del Nero
Luciane H. Gomide

*Os personagens e as situações desta obra são reais apenas no universo da ficção;
não se referem a pessoas e fatos concretos, e não emitem opinião sobre eles.*

Dados Internacionais de Catalogação na Publicação (CIP)
(Câmara Brasileira do Livro, SP, Brasil)

Carvalho, Bernardo
    Os substitutos / Bernardo Carvalho. — 1ª ed. — São Paulo :
Companhia das Letras, 2023.

    ISBN 978-85-359-3570-7

    1. Ficção brasileira I. Título.

23-163256   CDD-B869.3

Índice para catálogo sistemático:
1. Ficção : Literatura brasileira   B869.3
Cibele Maria Dias – Bibliotecária – CRB 8/9427

Todos os direitos desta edição reservados à
EDITORA SCHWARCZ S.A.
Rua Bandeira Paulista, 702, cj. 32
04532-002 — São Paulo — SP
Telefone: (11) 3707-3500
www.companhiadasletras.com.br
www.blogdacompanhia.com.br
facebook.com/companhiadasletras
instagram.com/companhiadasletras
twitter.com/cialetras

À memória do meu pai

Para o Henrique

I

1. A cura pela experiência

Ele se lembra da madrasta erguendo um brinde à viagem, como se declamasse, sôfrega, o início de um dos clássicos que ele devia ler para a escola nas férias: "Já pensou voar como um gavião, sozinho no silêncio das alturas, subir, descer, tomar o rumo que quiser, sem obstáculos, e ver lá embaixo os rios que refletem o azul do céu e as nuvens, como tranças de espelho cortando a mata virgem onde vivem índios e feras escondidos debaixo do mar de árvores, gritando na noite eterna da floresta?". Lembra que ela fez uma pausa para retomar o fôlego, bebeu um gole do gim-tônica, baixou os olhos e, como se enfim reconhecesse que de perto as coisas podem ser bem piores, não disse mais nada.

A madrasta não se envergonhava de suas presunções literárias. Todo mundo sabia do diário que ela guardava como um segredo na gaveta da mesinha de cabeceira que ninguém nunca quis abrir. Quando falava de índios, pensava menos em poemas românticos e mitos de origem (ou nos próprios indígenas) do que em filmes de caubói e marchinhas de Carnaval. Ao associá-los a feras, não aludia a nenhuma transmigração animista, assim como não pretendia despertar no menino o gosto da aventura ao invocar o voo do gavião. Podia até ter ouvido o marido falar em gaviões, mas sem associá-los a seres humanos, sem imaginar que pudessem ser um grupo indígena. Expressava a mesma desenvoltura com que segurava o cigarro numa das mãos e o copo de gim-tônica na outra, afastando uma mecha da testa com o dorso da mão, e depois sorria, um pouco tonta, para o casal de convidados americanos, sem se dar conta do ridículo e da afetação, do recurso à platitude pomposa dos contrastes — o silêncio e os gritos, o azul do céu e a noite eterna da floresta —, fingindo encorajar o enteado em sua primeira incursão na selva, quando no fundo só queria lhe meter medo, e por isso carregava no tom e na voz, o que resultava numa caricatura involuntária das piores dublagens de filmes de horror.

Ele tinha tudo para entrar em pânico — sofria de crises de vertigem desde que os pais se separaram —, mas também desenvolvera suas defesas e àquela altura já estava distraído com o barulho das pedras de gelo que o jovem casal de convidados chacoalhava em sincronia, em seus copos de uísque, denunciando uma impaciência que de resto vinham tentando disfarçar por educação e interesse comercial. Ao contrário da anfitriã, mal abriam a boca, apenas sorriam, e quando falavam era em inglês e baixo, para desabafar ao pé do ouvido um do outro a incredulidade diante do que viam e ouviam, como quando horas antes o rapaz descera pela escadinha retrátil na asa do bimotor, o desequilíbrio de uma única sobrancelha arqueada num rosto de espanto, buscando os olhos da mulher.

Eram recém-casados, aquela era sua lua de mel e também a primeira viagem fora dos Estados Unidos. Não contavam, é claro, as excursões escolares à Colúmbia Britânica, na infância e na adolescência, quando se conheceram; viviam a poucas horas da fronteira. Aproveitaram para unir o útil ao agradável ao embarcar para a América do Sul, virgens em mais de um sentido. Era a primeira vez que o rapaz representava a madeireira da família, mas ao que tudo indicava ninguém se dera ao trabalho de lhe explicar o pragmatismo dos negócios familiares. Dois anos antes, o anfitrião brasileiro viajara para o Oregon para lhes oferecer madeira de lei a preço de banana. Os americanos podiam ter desconfiado, se era para depois se escandalizarem. Eram cristãos praticantes, do gênero que, em nome dos negócios, ignora motivos de posterior constrangimento moral. Só o rapaz ainda parecia levar ao pé da letra as palavras de Cristo ouvidas na missa de domingo: que todos os homens são iguais e têm os mesmos direitos, as mesmas responsabilidades e as mesmas obrigações perante a lei de Deus.

Ia fazer quatro anos que, graças a contatos privilegiados em Brasília, o anfitrião comprara milhares de alqueires de floresta e cerrado na Amazônia Legal — "sete vezes o Liechtenstein, por uma ninharia!", ele se gabava sempre que surgia a oportunidade. Sabia tanto do Liechtenstein quanto seus interlocutores, mas gostava do nome. Tinha mistério e nobreza. Os militares estavam rifando a floresta. A única contrapartida (ou melhor, o único bônus) era que os contemplados com a pechincha ocupassem as terras em princípio devolutas, sendo que ocupar significava devastar enormes áreas de mata para plantar capim-colonião e criar gado, tudo fartamente financiado pelo Estado. E como não estava em seus planos perder nenhuma chance, viajara para os Estados Unidos para negociar de antemão a madeira do desmatamento.

Tinha cinquenta anos, usava o cabelo repartido para o lado, com gomalina, e naquela tarde trazia um cachimbo pendurado no canto da boca, enquanto conduzia de volta para casa a mulher que tinha idade para ser sua filha, o filho fóbico do casamento anterior e o casal de americanos, para em seguida instalá-los no terraço modernista diante do pôr do sol, do gramado em queda e do caminho de cascalho que descia em curva até o portão e o bosque que ainda ocupava o terreno à venda do outro lado da rua de terra batida. Ele e a mulher foram pioneiros no condomínio, mais pela insistência dele, à qual ela cedera sem pensar duas vezes, convencendo-se de que a vontade também era sua, já que estava apaixonada. Era impensável que, em menos de dois anos, por aquele mesmo caminho de cascalho, ele escaparia de carro aos tiros da esposa, moça católica de boa família, vinte anos mais jovem, que naquela tarde idílica, ao entreter os americanos, ainda tão feliz e despreocupada sob a luz do poente, desenvolta em seu vestidinho azul sem mangas, o cigarro e o copo de gim-tônica se alternando entre as mãos, discorria sobre a floresta e os índios que ela só conhecia de fotos.

Por aquele mesmo caminho sinuoso seguiria também seu corpo num caixão lacrado, seis meses depois da fuga do marido, sob o sigilo diligente da família carola que, disposta a tudo para encobrir o suicídio, recorreria ao eufemismo de um aneurisma para se referir ao tiro com o qual, o cano da espingarda que ele deixara para trás enfiado na boca, ela daria um fim à própria vida, estourando o tampo do crânio. Nada disso parecia possível naquele fim de tarde, no terraço banhado pela luz alaranjada do inverno tropical. Era de todo improvável que, enquanto entretinha o casal de convidados, a jovem anfitriã suspeitasse da complexidade da vida psíquica e sexual do homem com quem vivia.

Ele os levara para conhecer o avião e assegurar os preparativos da viagem marcada para a manhã seguinte. E foi no hangar onde o bimotor ficava estacionado que o menino ouviu, ainda sem compreender inteiramente, o desabafo do rapaz americano que estava ali a negócios e no mais era só sorrisos, quando se aproximou da mulher depois de descer pela escadinha na asa, depois de espiar, acompanhado do anfitrião, o interior da cabine de cinco lugares com uma privada dissimulada sob um dos assentos, e disse indignado (ou assim quis crer o menino) que só um louco (talvez tivesse dito: só um imbecil) seria capaz de infligir ao filho de onze anos seis horas dentro daquela geringonça arremessada na direção do inferno; melhor seria não envolver uma alma inocente nos negócios.

E se apenas o menino o ouviu, ainda que sem compreendê-lo inteiramente, talvez fosse porque projetava na incredulidade do convidado estrangeiro o que ele próprio pensava sem poder dizer em sua língua. Sofria de crises de vertigem desde que os pais se separaram. Embarcava no dia seguinte para uma aventura no inferno, com o pai, o mesmo que costumava se gabar de que os santos saíam correndo da igreja toda vez que ele entrava mas que, antes de ser acusado de sádico ou diabólico, aproximou-se do jovem casal de crentes e, como se lhes aconselhasse em relação ao futuro da família, com a mão no ombro do rapaz, arrematou com uma breve preleção sobre a cura pela experiência.

2. Manual de sobrevivência na selva

"Que é que você está lendo?", o pai perguntou quando já voavam fazia mais de duas horas. "Deve ser interessante", disse, para provocá-lo. "Não deu um pio até agora. Não parou de ler desde que a gente saiu de São Paulo. Não te interessa o mundo aí fora? Olha só que dia radioso, céu de brigadeiro!"

"Quer que eu te conte?", ele respondeu, sem tirar os olhos do livro, irritado com a interrupção e em especial com aquela expressão ridícula que o pai usava para falar da transparência dos dias. Na falta de uma reação, repetiu uma segunda vez em tom de ameaça, sem despregar os olhos da página. E foi só quando decidiu levantar o rosto, porque continuava sem resposta, que se deu conta de que o pai soltara o manche e estava debruçado no encosto, à procura de alguma coisa no banco de trás, de costas para o mundo do lado de fora, que avançava à sua frente.

"Claro, estou te ouvindo, pode contar", o pai respondeu, acomodando-se de volta no assento, enquanto passava os olhos pelas páginas do calhamaço que fora buscar no banco de trás, sem associar o silêncio ao medo do filho. "O gato comeu sua língua? Desistiu de contar?", insistiu, enquanto folheava a brochura no colo. E então, porque dessa vez era o menino que não respondia, virou-se para ele: "O piloto automático está ligado, não precisa fazer essa cara", assegurou-lhe e, para provar o que dizia, ensaiou um movimento brusco das mãos de volta ao manche inoperante, o que só não arrancou um grito do filho porque o susto lhe roubara a voz. Estava paralisado, enquanto o avião seguia inabalável em sua rota sobre o Brasil Central, indiferente tanto aos acontecimentos externos como às vontades, medos e hesitações no interior da cabine.

Minutos depois, quando a vergonha e a curiosidade enfim venceram o medo, ele conseguiu articular uma pergunta encabulada sobre o calhamaço que o pai folheava.

"É um manual de sobrevivência."

"Pra que é que serve?"

"Pra uma emergência, ué!"

"O quê, por exemplo?"

"Hmm. Um pouso forçado na selva, por exemplo."

"Mas isso não vai acontecer, né?"

"Não, claro que não", o pai o tranquilizou com um sorriso que não disfarçava a decepção, obrigado a se conformar com os terrores do filho.

"Então, que é que você está buscando?"

"Por que você não me conta a sua história?", o pai desconversou, concentrando-se nas páginas em suas mãos.

"Que história?"

"Você não ia me contar uma história? Sobre o que é o livro que está lendo?"

"É sobre uma missão espacial..."

"Hmm."

"Pra salvar a humanidade."

"Que é que houve com a humanidade?"

"Com a Terra."

"Que é que houve?"

"Acabou."

"Sério?"

Ele não respondeu. Reconhecia a complacência nas perguntas do pai.

"Você acha que isso vai acontecer um dia?", o pai insistiu sem o convencer de todo, enquanto seguia entretido em sua pesquisa.

Ele deu de ombros: "É uma ficção científica. Pode ser que sim, pode ser que não. É a história de uma nave procurando um planeta onde a humanidade vai poder viver".

"Hmm."

"E de um menino que não sabe por que foi escolhido."

"Escolhido?"

"É o segredo da história. Só gente muito especial foi selecionada para a viagem. As crianças mais excepcionais. Melhores em tudo. Os mais inteligentes. E ele não é nada disso. Todo mundo que está ali é especial em alguma coisa, menos ele. Todo mundo vai ser alguma coisa no futuro da humanidade. Ele não. É uma criança comum. E, pra completar, não se lembra de nada."

"Não se lembra?", o pai perguntou, com proverbial desinteresse, ainda folheando o manual.

"É diferente dos outros, não tem memória, não se lembra do que deixou pra trás. Desde que acordaram em algum ponto do espaço, ele quer saber o que está fazendo ali. Não para de perguntar, como se fosse amnésico. Os outros também estão sozinhos, sem os pais, e querem saber por que tiveram que deixar suas famílias na Terra. Choram, querem voltar pra casa, porque se lembram. Têm saudade, mas sabem por que foram selecionados e isso basta como explicação pra esquecerem o resto. Estão orgulhosos, porque são especiais. Estão convencidos de que têm um papel no futuro. Só ele não sabe pra que serve e não se lembra de quem deixou pra trás. Não se lembra de ninguém. É como se tivesse acabado de nascer, só que grande. E sem razão pra estar lá."

"Não entendi."

"Sem motivo."

"Sim, mas como é que se nasce grande?"

"Acordou falando como todos os outros. Sabe ler e escrever como os outros, como se tivesse um passado em que aprendeu essas coisas, mas, por alguma razão que ninguém entende, pelo trauma da viagem talvez, ou por algum defeito na máquina de hibernar, esqueceu de onde veio. Sabe ler e escrever, tudo o que se aprende na escola, essas coisas, o básico, mas não se lembra do resto."

"Que resto?"

"A família. Os pais. Durante a viagem ele pergunta um monte de coisas aos adultos que estão na nave, e eles respondem. E assim vai aprendendo tudo o que os outros têm de especial, tudo o que sabem sobre todas as coisas, já que ele mesmo não tem nenhum saber especial. Aprende com os outros, com os melhores. E a gente aprende junto, lendo."

"Que bom. Mas por que as crianças estão sozinhas, sem os pais?"

"Os pais não foram selecionados, não eram especiais."

"E os adultos na nave?"

"São guias e instrutores. Sabem fazer coisas especiais. Só gente especial entra na nave. Tem um botânico, um astrônomo, um matemático, uma linguista que sabe tudo sobre todas as línguas que existem e sobre as que desapareceram. Eles ensinam as crianças. Além dos médicos pra cuidar das pessoas, e dos engenheiros pra reparar as máquinas. Eles sabem que foram selecionados porque são os melhores ou vão ser um dia. Mas ninguém sabe explicar o que ele está fazendo ali. Porque não pode haver erro na missão. Ele acha que não serve pra nada. Mas no fundo — e essa é a revelação da história — ele tem que ser especial, tem que ter uma razão pra ele estar ali."

"Que é que dizem as outras crianças?"

"Pra ele?"

"É."

"São todas prodígios em alguma coisa. Quer dizer, um dia vão ser, né?"

"São promessas."

"Isso. Porque ainda são crianças. Quando ele fala com elas, quando repete as perguntas que faz aos adultos, elas mudam de assunto, porque não entendem o que ele está

19

perguntando. Na verdade ficam aflitas, porque não têm resposta."

"Tratam ele mal?"

"Não. Todo mundo é muito inteligente, não podem admitir que ele esteja ali por engano, porque isso significaria que eles também não são tudo aquilo e que a missão não é tão perfeita. Seria uma falha muito grande, né? Preferem não pensar no assunto. Um engano desse tamanho significaria que eles estão ferrados."

"E esses adultos deixaram pra trás os filhos que não eram especiais?", o pai provocava o filho como se tivessem a mesma idade.

Ele fingiu que não ouviu, continuou folheando o livro no colo.

"Não levaram bichos, como na Arca de Noé?"

"Claro que levaram, bichos e plantas."

"Até chegar a um planeta habitável", o pai retomou, "eles vão ter que viajar muito, muito tempo. Muito mais que o tempo de uma vida."

"Eles sabem disso."

"Vão ter que dormir uma eternidade, o tempo de muitas vidas."

"Hibernar", o menino o corrigiu.

"Hibernar", o pai repetiu, achando graça no léxico do filho.

"Na verdade, pra viajar no tempo, eles têm que comprimir o espaço, senão não chegam nunca. É muito longe. Muito mais longe do que a gente é capaz de imaginar. O corpo deles ficou congelado até a nave se aproximar do planeta. Eles só acordam quando estão a poucos anos do planeta. O tempo de se preparar, de se tornarem adultos."

"Você já sabe a história."

"Estou lendo pela terceira vez", o menino disse orgulhoso, baixando os olhos para a capa azul-marinho que acabara de fechar sobre os joelhos, e acariciando as letras brancas do título.

"Por que está lendo de novo se tem tanta coisa pra ler? E os livros da escola? Sua mãe disse que você tinha uma lista de livros da escola."

"Prefiro ler esse de novo."

"Por quê? Porque é ficção científica?"

"É o melhor livro que eu já li."

O pai deu uma risada: "Como é que pode saber que não gosta do que ainda não leu? Assim nunca vai aprender nada".

"Você aprende um monte de coisas nesse livro. Tudo o que eles sabem sobre tudo o que existe. E no final ainda fica sabendo por que ele está lá, por que foi escolhido."

"O menino?"

"Sim."

"Por quê?"

"Você não quer saber o final, quer? Não vai estragar a história. Quer que eu te conte do começo?"

3. Brasília

Quatro anos antes, o pai tinha marcado uma reunião com um militar no saguão do Hotel Nacional, em Brasília. Os dois regulavam na idade, podiam ter sido amigos de infância ou colegas de faculdade, mas se encontraram pela primeira vez fazia uns meses, meio por acaso, apresentados por conhecidos comuns numa jogada de sorte para ambos. Era a segunda vez que se viam. O filho estava junto, já que o pai não tinha com quem deixá-lo. Passava as férias com o pai, e a madrasta se recusava a ficar com ele em São Paulo enquanto o marido se ausentava a trabalho.

Do que ele se lembra, o encontro no saguão do hotel foi breve, o homem de farda prometeu ao pai o paraíso. Já adulto, ele manteria por anos, na escrivaninha de trabalho, o registro informal daquele dia, uma foto esmaecida na qual o pai exultante com o desfecho da reunião, o terno amarfanhado como o de um mendigo, posava ao lado dele pequeno, os dois encostados na carroceria de um DKW solitário, parado junto do meio-fio, o gramado ralo sob o sol do Planalto Central, deixando exposta a terra vermelha até a miragem do Congresso ao fundo. O militar deve ter tirado a foto à saída do hotel. Ele não se lembra de mais ninguém que pudesse tê-los fotografado. Na foto ele aparecia de olhos fechados, ofuscado pelo sol, enquanto o pai sorria a seu lado. Era um sorriso desafiador, orgulhoso e onipotente. Ou talvez ingênuo. Por um tempo, a imagem serviu de indício, âncora da lembrança difusa das viagens com o pai pelo interior do Brasil, até que também desapareceu como todo o resto. Foi sendo lavada pela luz dos dias até restarem apenas manchas apagadas dos dois corpos, dois espectros sobrepostos à silhueta também evanescente do Congresso no fundo. O sorriso desapareceu do rosto do pai, assim como os olhos fechados do rosto do filho. Ficaram as sombras desbotadas, as expressões invisíveis, o branco, a suposição de dois rostos a serem preenchidos pela memória vaga. O paraíso que o militar prometera ao pai, enquanto ele os observava sentado na poltrona de couro do outro lado da mesinha de centro, as pernas balançando no ar em meio ao movimento de entra e sai de hóspedes, também já não existe.

O acordo com o militar previa uma comissão sobre o subsídio para a ocupação das chamadas terras devolutas. Por maior que fosse, continuava valendo a pena. Sem o militar, o pai jamais teria chegado às pessoas certas e nunca teria fechado o negócio. Era a chance de uma vida. Dessas que só acontecem uma vez e não permitem hesitação. Era pegar ou largar. E o pai não era de deixar passar uma opor-

tunidade. O dinheiro, mesmo depois de descontada a comissão — e de adquiridas as terras, o bimotor e os bois —,
ainda dava para abrir uma conta na Suíça, comprar o terreno sonhado no condomínio em São Paulo e erguer a casa
de traços arrojados na qual a esposa ia poder pôr em práti-
ca seus talentos projetistas, receber convidados estrangei-
ros e fazer sua parte na promoção da imagem edificante de
um país supostamente jovem, predestinado ao progresso e
à modernidade. O acordo também previa contrapartidas sub-
jacentes à aventura. Porque ali o pai vendia a alma, se é que
tinha uma.

O que ele na infância não podia imaginar (e o militar
tampouco) era que o pai levasse um gravador na pasta de
couro. Era a mais completa contradição. Entre as fotos e os
objetos de valor sentimental que ele viria a herdar por in-
termédio da irmã, mais de trinta anos depois, meses após a
morte do pai, os poucos que ela lhe reservara, talvez porque soubesse ou intuísse o seu significado, estava a fita gra-
vada em sigilo naquele dia, durante o encontro no saguão
do Hotel Nacional, em Brasília. Quem falava era o militar:

"Temos um plano. E não vamos desperdiçar essa chance. Nosso sonho é maior do que tudo o que já se imaginou
para este país. Não vamos passar a vida esperando de braços cruzados, resignados à omissão e à malemolência, assistindo impassíveis a tomadas de decisão as mais equivoca-
das. Temos nossas ideias. Pode levar tempo, mas vão acabar
entendendo que também sonhamos. O brasileiro não tem
direção nem disciplina. Nós vamos domar este país, vamos
lhe dar um norte."

"Nós?"

"Os militares."

Havia um breve silêncio na fita, um lapso no qual ele imaginou a expressão do pai, seguido do riso do militar: "Precisamos de homens como você. Pioneiros dispostos a assumir a parte heroica, viril, da nossa história. Desbravar esta terra antes que ela passe de virgem a puta. Sim, vamos nos adiantar. Vamos deflorar o que é nosso antes que nos roubem nossas riquezas. E renascer, está entendendo? Vamos crescer e nos multiplicar como Deus quer. Vamos domar a natureza selvagem com um exército de homens, mulheres e crianças. Você está me entendendo? Posso contar com você, não é? Posso confiar?".

"Claro."

"Estamos lhe oferecendo o paraíso. Tem que pensar na família, no futuro do menino. O que vai sobrar pra eles se não tomarmos a dianteira agora? Não dou dez anos pra este país estar irreconhecível. Não vamos esperar sentados isso acontecer, vamos?"

"Não, de jeito nenhum", ouvia-se o pai, mais alto e mais próximo.

Era difícil compreender as razões que o levaram a gravar o encontro. Ele não era nenhum herói em busca de justiça por meio de denúncias, nenhum agente infiltrado, decidido a revelar as entranhas corrompidas do poder. Tirava vantagem da ocasião, sabia que participava de um ato duvidoso, se não ilícito, fazia um pacto com o demônio. Talvez procurasse se precaver, quem sabe preservar na fita a memória que deixava aos filhos. Mas para quê? Se era a confissão de um crime, então para quem?

Ele já não lembra se foi alguns anos antes ou talvez naquelas mesmas férias, antes de irem a Brasília fechar o negócio com o militar, que ele e o pai foram surpreendidos por uma manifestação reprimida pela polícia no centro de São Paulo. Caminhavam do estacionamento até o escritório do pai e de repente se viram entre estudantes que corriam, tentando escapar da polícia montada, e contra-atacavam despejando bolas de gude no asfalto. Os cavalos desabavam ao lado deles, enquanto o pai o puxava para o outro lado da rua, onde encontraram refúgio num restaurante tradicional e vetusto.

Quando ele perguntou assustado o que estava acontecendo, o pai apenas riu nervoso e passou a mão em sua cabeça, despenteando-o num gesto ao mesmo tempo canhestro e provocador, porque estavam salvos, como se a vida fosse uma aventura sem sentido, um jogo de sobrevivências cuja razão e cujas regras não precisavam ser entendidas. Quando saíram do restaurante minutos depois, em meio ao rastro de destruição, um pedestre confidenciava a outro, à boca pequena, esperando para atravessar a rua, que a morte havia tomado conta do país.

4. Vivax

Muitas centenas de metros abaixo deles, a Terra parecia plana e abandonada, um jardim imenso, regular e monótono, cortado por rios que serpenteavam até o horizonte, refletindo o azul-celeste onde boiavam nuvens brancas, imóveis e compactas, como descrevera a madrasta, na véspera, em sua exposição exaltada sobre a selva. Ele sabia que nada era assim. Nuvens não ficam paradas no ar, não são compactas, a Terra é redonda, o céu não é líquido, e de perto, a julgar pelo manual de sobrevivência do pai, a selva era a materialização inóspita do caos. Perguntou se podia dar uma olhada no calhamaço antes que o pai o devolvesse ao banco de trás. Havia descrições gráficas de uma variedade de horrores. Ele ficou especialmente impressionado por um peixe minúsculo que, uma vez introduzido na uretra de banhistas desavisados, abria as guelras, cravando-as nas paredes do canal peniano, para só sair dali junto com o membro amputado do hospedeiro. Foi o que ele deduziu das imagens. Folheou o compêndio de monstruosidades à procura do horror ao qual supôs que o pai, em silêncio, para poupá-lo talvez, soubesse que os dois estavam condenados: como terminariam, pai e filho, qual seria seu fim, mas logo se desinteressou da busca, pela repetição de aberrações, que aborrecia depois de amedrontar. Voavam fazia mais de três horas. E ele não aguentava mais.

"Quer saber o resto da história?", perguntou ao pai, abandonando o manual no banco traseiro.

"Estamos quase lá. Está vendo?"

"Vendo o quê?"

"Vou desligar o piloto automático", o pai anunciou, enquanto o menino esticava o pescoço acima do painel de instrumentos. "Se tirar o cinto, vai ver melhor."

"Onde?", ele queria saber, ajoelhando-se no assento.

"Tá vendo aquele pontinho brilhante lá na frente?"

Ele fez que sim, mesmo sem ver ponto algum.

"É o reflexo do sol na cidade, como um pedaço de espelho."

"E a fazenda?"

"São mais umas duas horas."

"Por que não vamos direto?"

"Não temos combustível suficiente. Precisamos reabastecer. Vou aproveitar pra passar no banco e pegar dinheiro, ou hoje ou amanhã de manhã, antes que a gente saia. Tenho uns pagamentos pra fazer na fazenda."

"A gente vai dormir aqui?"

"Podemos ir ao cinema depois do jantar, que tal? Lembra em Miami Beach? Quem é que vivia querendo ir ao cinema?"

Ele não respondeu. Voltou a se sentar, apertou o cinto e retomou a história, dessa vez sem perguntar se o pai queria seguir ouvindo: "Eles acordam quinze anos antes de chegar ao planeta. Em termos intergalácticos, isso significa que já estão na rota de aproximação e decidiram pousar".

"Em termos intergalácticos?", o pai riu.

"É", ele o ignorou.

"Quem decidiu pousar, se eles estavam hibernando?"

"As máquinas que comandam a nave, é lógico. Esqueci de dizer. Estão a anos-luz da Terra. Todo mundo que eles conheceram antes de partir já morreu. Em princípio, né?"

"Em princípio?", o pai forçou o riso, com os olhos pregados no horizonte. "E você sabe o que 'em princípio' quer dizer?"

"Que os planos podem mudar."

"Os planos sempre podem mudar."

"Eles acham que os pais, os irmãos e os amigos estão mortos."

"E não estão?"

"Você quer ouvir a história ou prefere ir direto pro final?"

"Olha lá. Agora dá pra ver melhor."

Do lado esquerdo, um pequeno amontoado de volumes brancos e indistintos ganhava aos poucos um contorno improvável no meio do verde escuro e infinito.

"Descer é uma tentação, mas pode ser a morte também", o menino prosseguiu, esticando o pescoço.

"O quê?"

"É uma frase do livro. O planeta é habitável, mas ninguém sabe o que vai encontrar lá. Ninguém quer dizer eles, né? *Eles* não sabem. O tamanho do planeta, a gravidade, a atmosfera, o clima e as estações, tudo é mais ou menos igual à Terra. Só que não é a Terra. O planeta é um substituto. Eles não vão demorar a entender que lá não tem vida animal. Quer dizer, vão demorar a entender a razão. Veem as plantas, as florestas, mas nenhum bicho, como se olhassem tudo de longe, como se ainda estivessem no espaço mesmo depois de já terem pousado. Mas isso é impossível, né?, não haver vida animal e eles conseguirem sobreviver ali. É uma falha muito grande na inteligência deles. Se eram tão excepcionais, como é que não achavam estranho um planeta com condições quase idênticas às da Terra, sem animais? Durante os anos de aproximação eles nunca pensaram nisso. Estavam levando praticamente todos os bichos e as plantas que iam comer, como se não pudessem encontrar nada pra comer no planeta. Como é que não achavam aquilo estranho? Estou me adiantando", ele interrompeu o que dizia com uma advertência a si mesmo. "Eles sabem que estão ali para testar sua capacidade de sobreviver ao que não conhecem. Acham que não ver nenhum animal só pode ser uma forma de cegueira, porque não pode haver vegetação sem animais pra disputar com eles a ocupação do planeta. Até entenderem que estão realmente sozinhos."

O enredo ia ficando interessante, mas o pai já não ouvia. Eles sobrevoaram e se afastaram da cidade. O pai pegou o microfone do rádio e comunicou a aproximação à torre de comando. Conforme desciam, a cidade vista de cima parecia mais irreal, uma miniatura perdida na vastidão do mundo exterior, transparente e cintilante, em oposição ao confinamento de corpos grandes demais no interior da cabine do bimotor. Como se derretesse, o revestimento plástico, bege e baço, exalava um cheiro nauseabundo sob o sol e o ruído surdo dos motores. Causava apreensão um sentimento difuso, que não chegara a ser expresso, apenas intuído, pela madrasta na véspera mas que se confirmaria com os anos, pelo não dito, como lembrança ou maldição, sem que ele pudesse saber naquele momento: que as coisas só pioram de perto. Ele confiava no pai. Não que tivesse escolha — era o pai que pilotava o avião, quem tomava as decisões. Confiava como um refém na mão de um sequestrador, como quem entrega a vida a quem tem o poder de tirá-la, para sobreviver.

Do que ele se lembra, eles se aproximavam lentamente. O pai começou a tremer já na rota do aeroporto, depois de ter recebido a autorização para pousar. Não era um tremor qualquer, era escandaloso. Suas mãos mal conseguiam segurar o manche. Arremeter foi a última coisa que ele conseguiu fazer com elas, por presença de espírito, lançando o bimotor como uma flecha de volta aos céus. Conseguiu estabilizar o avião antes de ser completamente dominado pela tremedeira, como por um demônio. Por pouco não entraram em parafuso e se esborracharam no chão. A luz do sol os cegou antes que o avião voltasse à posição horizontal.

A essa altura ele já abandonara a leitura silenciosa da viagem intergaláctica que havia retomado com o livro aberto no colo depois de ser interrompido pelo pai em comunicação com a torre de comando. Estava da cor da neve, o estômago embrulhado, os olhos saltados. O movimento brusco do avião afinal o despertara para a realidade e o trouxera de volta ao presente e ao silêncio nauseante, à compreensão tácita, embora ainda incompleta, de que acabavam de escapar da morte. O pai pressionava as mãos sobre as coxas para que parassem de tremer. Tentava conter os joelhos que pulavam no assento contra a sua vontade.

"Segura o manche."

Ele olhou aterrorizado para o pai. Não podia estar falando sério. Estava lhe pregando uma peça. Sim, só podia ser uma encenação. Só podia ser de propósito, para lhe meter medo, para fazer dele um homem (não dissera na véspera ao casal de americanos que a experiência curava?). Ninguém sacudia os joelhos daquele jeito a não ser de brincadeira.

"Segura o manche!", o pai repetiu, o corpo chacoalhando.

Ele não se mexia. Antes que começasse a chorar, o pai lhe explicou que bastava manter o desenho do avião no centro da bússola, apontado para o norte, e a seta vermelha do altímetro sempre na mesma altura. Ele olhou para os instrumentos e para o manche na sua frente, ainda imóvel.

"Segura o manche!", o pai ordenou.

"Mas não dá pra ver aonde a gente tá indo!"

"Não precisa ver. Basta olhar os instrumentos", o pai repetiu, a voz entrecortada, os dentes trincados. "Tá vendo a bússola? Embaixo tem o barômetro..."

"Tem o quê?"

"O relógio de altitude, bem aí no meio do painel. Tem que manter a direção e a altitude sempre no mesmo lugar. Não pode baixar nem subir. Não pode sair da rota. Basta manter sempre no mesmo lugar."

Agora era o menino que tremia, um tremor tímido, reprimido, nada a ver com o espetáculo convulsivo do corpo do pai. Aproximou as mãos trêmulas do manche e de repente, sem que tivesse passado por nenhuma preparação, estava pilotando o bimotor. Agora era ele quem tomava as decisões, quem tinha o poder de matá-los.

"Basta manter os olhos nos instrumentos, como se estivesse em voo cego, à noite, dentro das nuvens. Não precisa ver o mundo lá fora. Vai dar tudo certo", o pai tentava acalmá-lo, batendo os dentes. Continuava se sacudindo, agora com as duas mãos agarradas ao assento, os olhos entreabertos e a cabeça jogada para trás, tentando fixá-la no encosto.

Ele já não olhava para os lados, nem para fora nem para o pai. Seguia as instruções como se uma voz do além o guiasse. Mantinha os olhos pregados nos instrumentos. Concentrava-se para não perder altitude nem sair da rota, e aproveitava para não ver mais nada. Era como um brinquedo. Já não se interessava por nada na sua frente, no exterior da cabine. Assim que entendeu como funcionavam os dois únicos instrumentos com os quais tinha de se preocupar até segunda ordem, até quando o ataque cedesse, tentou em vão invocar uma voz interior que se sobrepusesse ao mundo como se não fosse sua, capaz de distrair a si mesmo, e de lhes assegurar que, embora nunca tivesse pilotado um avião, tudo estava sob controle. Mal balbuciou as primeiras palavras, entretanto, foi interrompido pelo pai que lhe repetia, de olhos fechados: "Segue em frente. Não muda nada. Sempre em frente, até passar o pior. Não precisa olhar pra fora pra saber onde está. Basta prestar atenção nos instrumentos e vai dar tudo certo. Os instrumentos estão no lugar do que você não pode ver". Era como se as informações mais urgentes só pudessem ser ouvidas pelo mantra da repetição.

A cidade fora construída numa curva do rio, ao pé de um morro que subia ondulante, coberto pelo que do alto parecia um tapete verde, e que a assombrava quando o sol se punha às suas costas no final da tarde. A manobra que o pai fez depois de arremeter tinha posto o bimotor de volta na direção da cidade. O menino ficou vidrado ao sobrevoá-la. Contrariando as instruções do pai, não resistia a olhar para fora. O movimento urbano lhe dava vertigem. Casas, ruas e carros minúsculos provocavam a consciência de onde eles estavam, a altitude real que a representação dos instrumentos tornava mais abstrata e palatável. "Olha para os instrumentos! Está perdendo o rumo!", o pai gritou, notando a distração do filho, que olhava pela janela, virado para o lado, conforme deixavam a cidade para trás. "Lá na frente a gente volta. Não precisa ficar nervoso, eu te ensino. É moleza. Você vai ver", disse, assim que a cidade

34

desapareceu, para acalmá-lo, e nesse instante, enquanto o observava de esguelha, também deixou a boca se entreabrir num ricto em que o sofrimento físico se confundia com o orgulho.

O pico da febre durou meia hora. E foi assim que eles sobrevoaram a cidade e se afastaram dela, sobre os campos e a mata e o rio que serpenteava pelos campos e pela mata, e depois voltaram a sobrevoá-la e a se afastar de novo. A cada curva, ele buscava a aprovação do pai, em silêncio, com o canto dos olhos, sem virar demasiado o rosto para não errar o ângulo segundo os instrumentos. E, embora o pai continuasse a tremer e às vezes fechasse os olhos e parecesse já não poder aprovar nada nem prestar atenção no que acontecia ao redor, advertia o filho sempre que ele se distraía, quando ele olhava a paisagem do lado de fora, e a cidade de novo, tentado pela consciência que agora a convertia em sonho, no oposto da realidade que os dois viviam ali dentro, confinados na antessala da morte, até o pai repreendê-lo de novo: "Não pode perder o rumo. Não pode perder altitude".

5. O mundo invertido

Quando começaram as crises de vertigem, não dava para saber se como paliativo ou desafio, ele adotou um jogo solitário que consistia em caminhar pela casa da mãe, no Rio de Janeiro, com um espelho de maquiagem virado para cima, à altura do peito, de modo a criar a ilusão de que andava no teto, o teto no lugar do chão, quando olhava para baixo. O mundo invertido, de ponta-cabeça, como os rios refletindo o azul do céu e as nuvens a milhares de metros, lá embaixo, fendas do abismo infinito, abertas no chão da selva onde não podiam estar. Na casa da mãe, vãos, vigas e lustres eram o caminho. Refletido no espelho, o limiar das portas, a passagem entre o pé-direito de um cômodo e o de outro, desequilibrava-o, criava obstáculos e desafios inexistentes, fazia-o pisar em falso, saltar barreiras imaginárias e se preparar para cair em vãos invertidos, debaixo dos quais na realidade caminhava. A seu modo, reproduzia os métodos do pai. Desafiava a vertigem. Forçava a cura pela experiência de um mundo invertido.

Germinava nele a queda pelo inexistente, pelas coisas fora do lugar como experiência do mundo, os paraísos artificiais que o pai pressentia no gosto do filho pelas ficções científicas e pelas viagens espaciais.

Estavam na Califórnia, na estrada nos arredores de San Francisco, quando o homem pisou na Lua pela primeira vez. O quarto térreo do motel onde se hospedaram tinha uma pequena área externa, nos fundos, um quintal murado, com guarda-sol e espreguiçadeira.

"Que céu, hein, rapaz? E pensar que o homem está lá agora", o pai disse, os olhos perdidos no espaço.

"Sabia que muitas estrelas que a gente vê não existem?"

"É mesmo?"

"A luz delas demora tanto pra chegar aqui, que o que a gente vê já não está lá."

"Como é que você sabe?"

"Todo mundo sabe."

"Você aprendeu na escola?"

Ele assentiu. "As coisas que não existem mas que a gente continua vendo são as mais tristes."

"Por quê?"

"Porque estão mortas."

O pai riu. "Quem te disse isso?"

"Na verdade algumas dessas estrelas são planetas", o menino emendou. "Parecem maiores, porque estão mais perto."

"Mas os planetas, mesmo mortos, continuam a brilhar."

"Porque a luz não é deles. É do Sol."

"Hmm."

"As estrelas quando morrem engolem a luz."

"Também aprendeu isso na escola?"

"Vi num filme. Na verdade, dependendo do tamanho da estrela, ela pode engolir tudo em volta."

"Que medo, hein?"

Ele deu de ombros.

"Você vai ser astronauta quando crescer?"

"Eu não, mas o Gabriel vai."

"Quem é Gabriel?"

"Meu amigo."

A menção a um amigo irritou o pai: "E você? Quer ser o quê?".

"Não sei."

"Se gosta tanto de viagens espaciais…"

"Gosto de lugares que eu não conheço."

"Normalmente é o contrário."

"É?"

"A gente tem saudade de onde nasceu."

"Por quê?"

"Ué, sei lá, porque é natural."

"Então, se tem saudade, por que saiu de lá?"

"Olha uma estrela cadente!"

"Onde?"

"Passou ali. Tem que ficar olhando para um ponto fixo no céu. Uma hora você vê."

Os dois fitaram o céu em silêncio.

"Não é bacana a casa no condomínio?", o pai perguntou, orgulhoso.

38

"Em São Paulo?"

"Você não achou o projeto bacana?"

"Achei."

"Você quer vir morar com a gente?"

"Quando?", ele se virou para o pai.

"Quando a gente voltar. Quer?"

Ele hesitou.

"Quer ou não quer?"

"Qu...ero."

"Então, vamos ligar pra sua mãe e contar pra ela?"

"Agora?"

"Por que não?"

"É tarde lá no Rio. Ela deve estar dormindo."

"Ela vai ficar contente com a notícia. Você vai ver. Vem, vamos ligar. Vamos contar pra ela que você resolveu morar comigo. Vai ser a maior surpresa pra ela. Que foi? Não quer ligar?"

6. Campo de Marte

Alguns anos antes, quando ainda não tinha comprado a fazenda nem o bimotor, o pai convidou a filha do primeiro casamento e o genro para uma visita ao Campo de Marte num domingo de manhã. A moça regulava com a nova madrasta, sua ex-colega no curso de arquitetura. Seus laços com o pai consistiam numa série interminável de decepções e mal-entendidos, coroados pelo namoro recente dele com a ex-colega de faculdade dela, que achou por bem não aparecer naquela manhã.

A filha do primeiro casamento era dezesseis anos mais velha que o meio-irmão, cujo nascimento ela também pusera na conta da dívida acumulada com o pai. O convite parecia enfim um gesto de reconciliação — pai e filha passaram meses sem se falar desde que ele começara a sair (para logo irem viver juntos — o que para a filha era inconcebível) com sua ex-colega de faculdade. Fazia poucas semanas que tinham voltado a se ver, mas o que ele queria mesmo naquele domingo ensolarado, como se afinal tivesse encontrado uma solução e um bode expiatório para o acerto de contas com a filha, era pregar uma peça no genro aerofóbico, que, ao contrário do filho cuja vertigem seletiva se resumia a episódios passageiros de tontura, atribuídos pelo pai à ausência de mão firme e de uma figura paterna na educação do menino, não viajava de avião por nada neste mundo. No carro, ao saírem de casa, disse que ia fazer o genro se cagar nas calças e, rindo à socapa, como se fossem dois coleguinhas de escola com um plano sinistro, fez o filho jurar segredo.

Com o golpe militar e a oferta de terras na Amazônia, ele tirou brevê e alugou um monomotor com um colega do curso de pilotos, já com a ideia de comprar uma fazenda. O aviãozinho com o qual ele praticava e ganhava horas de voo até poder comprar o seu acomodava dois na frente, com relativo conforto, e dois afundados no banco de trás. O convite à filha e ao genro não previa em princípio nenhum voo naquela manhã; ele apenas os levava para conhecer o avião; era aparentemente um gesto de paz. Quando já estavam os dois sentados no interior da cabine, e ele mostrava ao genro (que se interessava apenas por gentileza) o painel de instrumentos, enquanto a filha e o meio-irmão esperavam do lado de fora (o menino fazendo manobras aéreas espetaculares com um aviãozinho de plástico), de repente, como se a ideia acabasse de lhe ocorrer, propôs um voo recreativo. "Sabe o quê? Fecha a porta", disse ao genro pego de surpresa, paralisado a seu lado, sem conseguir esboçar nenhuma reação. "Fecha a porta, homem! Basta puxar." O genro nem precisava perguntar o que era um voo recreativo. Sabia com quem estava lidando. Era uma sentença de morte. Mas o sogro respondeu mesmo assim. Seria apenas um pequeno passeio sobre a cidade, para se divertirem, como dois velhos colegas de trabalho numa manhã de domingo. Antes de fechar a porta, o genro fulminou em silêncio, uma última vez, a mulher estarrecida do lado de fora. Ela estava imobilizada, evitava indispor-se com o pai, com quem aparentemente se reconciliava, não podia fazer nada. Sonsa, fingiu que não estava entendendo. De longe, com um sorriso amarelo, encorajou o marido a aproveitar o convite e o bom tempo. Depois, as mãos protegendo os olhos do sol, observou ao lado do meio-irmão, na porta do hangar, o monomotor que se afastava lentamente pela pista, fazia uma pausa na cabeceira e passava por eles a toda, as cabecinhas do pai e do marido se sacudindo no interior, lado a lado, como bonecos de testes de acidente, antes de decolar. Durante mais ou menos vinte minutos, ela e o irmão acompanharam os mergulhos e rasantes que o pai fazia sobre o Campo de Marte, despencando como se fosse se esborrachar na pista, para logo em seguida arremeter de volta para dentro do céu azul, enquanto mecânicos e os responsáveis pelo aeroclube naquela manhã corriam de um lado para outro, levando as mãos à cabeça e olhando para o céu. A indignação e a raiva da filha aumentavam na medida da sua impotência. Não conseguia evitar as lágrimas, vendo o casamento derreter sob o sol da manhã esplendorosa. Quando afinal eles pousaram, ela correu para acudir o marido, que desceu verde e trôpego. Mal conseguia ficar em pé. O pai desceu em seguida, rindo, acenando para o filho, antes de ser chamado à diretoria do clube, onde foi advertido, pagou uma multa e, depois de alguma negociação, teve o brevê suspenso por meros seis meses.

7. Miniaturas

Para afastar a ameaça da consciência da morte, ele fantasiava um mundo benigno do lado de fora, um mundo sob controle, em miniatura, para o qual evitava, nem sempre com sucesso, olhar, e então era repreendido. A paisagem convertida em maquete, como os brinquedos que ele ganhava do pai e cuja lembrança o iludiria, adulto, com a nostalgia de um tempo que na verdade não vivera. A cidade era cortada pelo rio que lhe dava nome. Mesmo sem nunca mais ter dito o nome do rio e da cidade, de repente ele o ouve, como se alguém o soprasse baixinho desde a infância: Almas, Barra do Almas, rio e cidade respectivamente, que o fazem recordar a morte do pai. O rio era o mesmo que demarcava a fazenda a centenas de quilômetros ao norte. Na verdade, a cidade eram duas, Barra do Almas e Almada, separadas pelo rio. Ele diz a si mesmo que já não lembra, como se de repente resistisse ao que avança como lembrança contra a sua vontade. Almada, onde ficava o aeroporto, estava comprimida entre o rio e o sopé do morro coberto pelo capim que balançava em ondulações suaves ao gosto do vento e que, visto do alto, do avião, parecia um tapete uniforme, tecido pelo homem em sua conquista da natureza. Foi a ilusão daquele morro atapetado de um verde tão mais intenso por estar sob a única nuvem escura, isolada na imensidão do céu azul, que ele primeiro associou ao avesso da realidade de corpos atravancados dentro do bimotor, à fantasia lúdica de um mundo de brincadeira, composto pela cidade em miniatura, do lado de fora. Havia, a meio caminho entre a cidade e o topo do morro, um promontório de onde algumas pessoas apontavam para eles, para o avião que as sobrevoava em idas e vindas, já sabendo provavelmente que o piloto estava em apuros. Eram bonequinhos que corriam morro acima, agrupavam-se e se dispersavam em alvoroço a cada passagem do bimotor, como se vissem a morte ir e vir. A sombra daquela nuvem solitária os obscurecia, em contraponto com o resto da paisagem, que continuava a brilhar sob o sol radiante até perder de vista. O menino tomou ali uma resolução, como uma promessa a uma divindade. Caso sobrevivesse, também subiria o morro até o promontório, para ter a mesma perspectiva daquelas testemunhas ínfimas, para se equiparar às miniaturas, pôr-se no lugar delas, correndo como formigas de um lado para outro, quando já não houvesse perigo nem avião nenhum no céu; para inverter a fantasia e imaginar afinal o que teriam visto de baixo enquanto ele as sobrevoava, como seria a iminência do desastre para quem não corre riscos.

O pai comunicou à torre que não tinham condições de aterrissar, o filho de onze anos estava no comando. Ia esperar passar a crise para concluir o pouso que tivera de abortar para evitar um acidente. Além dos que subiam o morro, alguns curiosos acorreram ao aeroporto onde uma ambulância esperava ao lado da pista, a poucos metros da carcaça queimada de um avião de carreira, vestígio sinistro e conspícuo de um desastre não muito distante.

"Quando a nave auxiliar rompe a atmosfera do planeta, os motores entram em combustão. Depois de uma camada de nuvens, o que eles veem é um deserto encerrado por mares comunicantes que do céu mais parecem lagos. Conforme se aproximam, avistam, do outro lado do deserto, uma floresta que se estende pela curvatura do planeta. Não podem pousar ali. Não imaginam o que pode esconder a vegetação. É para isso que vieram, para descobrir. E para sobreviver. Mas isso — a razão de estarem ali — eles desconhecem tanto quanto o que vão encontrar. É espantosa a sua inocência — ou a sua ignorância."

O que ele não podia saber na época, como os passageiros da espaçonave, mas agora, adulto, sabe, é que o autor daquele livro de ficção científica para jovens acreditava que pudesse educá-los e assim, de alguma forma, contribuir para o futuro. O livro era um esforço de correção de rota. O que ele não podia saber na época, na inocência dos seus onze anos, é que aquele conto moral escrito em princípio para jovens ganharia outro sentido e outra urgência (sobre a inconsciência, a ganância e a estupidez) com o passar dos anos. E que talvez não tivesse sido escrito para jovens inocentes, mas para adultos imbecis.

No manual de sobrevivência na selva, que ele também acabaria herdando, trinta anos depois, entre as coisas do pai que a irmã lhe reservara, a malária vivax é descrita como "uma doença infecciosa grave, caracterizada por mais ou menos dez dias de incubação, seguida de acessos palúdicos: febre terçã (volta no terceiro dia) caracterizada por picos de quinze minutos a meia hora, com tremedeira que chega a sacudir a cama, cerca de quatro horas de febre alta (quarenta graus), quando o doente é cozinhado vivo, e baixa repentina, também de cerca de quinze minutos a meia hora, com grande suadouro. Quando mal tratada (ou quando se tratam os sintomas mas não se ataca o protozoário) pode haver recaídas infinitas, a partir de um período de três semanas a três meses da melhora dos sintomas".

Quando a tremedeira passou, o pai retomou o controle do bimotor. Estava totalmente vermelho e exausto, como se a cabeça fosse explodir. Conforme se aproximavam da pista, balbuciava frases confusas sobre o que o filho lhe contara. Delirava. Falou em salvar a Terra para não terem de se separar, para que o menino não fosse obrigado a deixá-lo para trás. Depois tentou convencê-lo a embarcar na espaçonave quando a ocasião se apresentasse, referindo-se às estrelas como se estivessem sozinhos à noite debaixo delas, numa conversa de homem para homem, e contendo as lágrimas. E quando a pista surgiu diante deles, achou que pousavam no planeta onde a espécie humana afinal seria salva.

8. As coisas são piores
de perto 1

Mais cedo ou mais tarde, sempre que se encontravam o pai retomava a história da volta de carro do Rio para São Paulo, sozinho e aos prantos, quando fora visitar o filho pela primeira vez depois da separação. E de como, no meio do caminho, já dormitando, despertou para a visão repentina de um cavalo parado na pista, os olhos flamejantes que o fitavam refletindo os faróis na escuridão. A visão do cavalo o fez frear bruscamente e o salvou, por assim dizer, antes que ele pudesse apagar de vez e perder a direção, sofrer uma colisão ou sair da estrada. Nessa hora, contra tudo o que se poderia esperar dele (e contra tudo o que costumava contar aos outros sobre si mesmo), o pai parou o carro no acostamento, desceu, ajoelhou e rezou no asfalto. Quando se levantou, já não havia cavalo nenhum. Talvez nunca tivesse havido, talvez tivesse sido apenas uma aparição, um fantasma, como a visão de uma estrela morta. Ele, que se gabava de não acreditar em Deus, não cansava de repetir ao menino que se Deus ou alguma força superior tinha posto aquele cavalo ali, para salvá-lo, era por causa do filho, ele estava certo disso, para que não crescesse sem pai, ele repetia, para que o menino entendesse e se tranquilizasse, que um não podia existir sem o outro, mesmo separados.

Considerando sua severidade e frieza em outras situações, era como se justificasse ao filho os gestos inclementes da pedagogia da experiência que lhe aplicava quando decidia mandá-lo de volta para a mãe, interrompendo sem explicações as férias porque o menino se recusava a se submeter a suas vontades. Às vezes nem isso: mandava-o de volta para o Rio, com uma desculpa qualquer (que o filho não queria cortar o cabelo ou não sabia escovar os dentes), simplesmente porque já não o suportava a seu lado.

Ele estava longe de corresponder ao que o pai imaginava de um filho, o que tornava tão mais contraditório que aquele amor tivesse uma face quase incestuosa. Durante as viagens pelo Brasil Central, quando não havia duas camas, dormiam juntos e não era raro que o pai lhe pedisse que massageasse seus pés antes de dormir. Do que ele se lembra, eram pés calejados e dedos cartilaginosos que se encaixavam uns nos outros em ângulos retos, como se não fossem humanos, resultado da compressão dos sapatos de fôrma estreita, que ele considerava os mais elegantes, mas herança genética de alguma ave de rapina ancestral.

O pai amava o pior. Buscava a degradação. Não era à toa que seus casamentos — ou suas relações, já que não havia divórcio no país — durassem poucos anos, na melhor das hipóteses. Ouvia o chamado da sarjeta. Cortejava mulheres recatadas e de boa família, com as quais passava a viver, e logo estava de volta ao lodo, seu habitat natural, do qual tentava escapar em vão, com uma ideia capenga — infantil e pouco convincente no seu otimismo — de família. Um ano depois de se separar da mãe dele, apareceu no Rio com uma moça alta, jovem, com os cabelos espicaçados, tingidos de louro, e o nariz batatudo irrompendo como uma erupção no meio do rosto redondo de traços grosseiros. Ele demorou a entender que a moça era uma puta que o pai havia contratado na véspera, especialmente para a viagem. Era intempestivo, ainda mais quando bebia. Aparecia de surpresa. De repente, precisava visitar o filho. O problema é que estava solteiro, entre uma relação e outra, e não lhe apetecia ir sozinho. Aquela era mais uma visita imprevista, fruto do entusiasmo repentino que desaparecia da mesma forma como havia surgido, sem avisar. Era nessas horas que a relação peculiar que mantinha com a realidade emergia da forma mais constrangedora. Parecia ter se convertido num outro homem, como se estivesse hipnotizado, disposto a se submeter, inexplicavelmente, aos caprichos da moça que acabara de encontrar. Ela queria ir a um terreiro de candomblé. E o pai os levou — a puta, o filho e o amiguinho que calhou de estar passando aquele fim de semana na casa dele. Foram até Campo Grande em busca de um passe que salvaria o pai do feitiço da ex-mulher e libertaria o filho da vertigem, era tudo uma coisa só, segundo ela. No terreiro ele disse ao pai de santo que a ex-mulher, mãe do menino ali presente (e o apontou), o havia enfeitiçado. A resposta que o pai de santo lhe deu ao pé do ouvido o contrariou. Ficou furioso de repente, como se o tivessem acordado no meio de um sonho para a indigência da vida. Como se não bastasse, o pai de santo quis falar com o amiguinho do filho. Segurou-o pelos braços e vaticinou que alguém de sua família estava prestes a morrer, deixando o menino num estado deplorável. Nada o fazia parar de chorar, de modo que tiveram de interromper a visita antes da consulta da puta, e voltar para Ipanema às pressas e em silêncio, à exceção do amiguinho, que soluçava. O pai deixou o filho e o amiguinho na casa da ex-mulher e voltou na mesma noite para São Paulo, sem mais explicações à moça inconformada a seu lado. Como se não bastasse ter perdido a consulta com o pai de santo, ela ainda teria de abrir mão de um domingo na praia.

9. No limbo

O pouso correu como se nada houvesse de anormal, o piloto abatido pela febre alta mas já sem tremer, aparentemente senhor de suas ações. Era incrível que, assim como em relação ao álcool, que ele bebia em maior ou menor quantidade dependendo da época e da ocasião, o pai resistisse à febre a ponto de assumir o comando do avião logo que a tremedeira cedeu. No pátio, depois de taxiar mas ainda dentro do bimotor estacionado, recolhendo suas coisas, a porta aberta e uma perna para fora em cima da asa, ele disse aos funcionários do aeroporto que precisava de um carregador e de um médico, como se não tivesse visto a ambulância ao lado da pista. Sem dar explicações, caminhou até o saguão, a mão apoiada no ombro do filho, o carregador com as malas alguns metros atrás, e tomou um táxi até o hospital. Era um homem supersticioso. Passou ao lado da ambulância como se ela não existisse ou não estivesse ali para ele. Acreditava poder enganar a morte, resistindo ao princípio de realidade, ao bom senso e às consequências de suas ações, como se não houvesse contratempo no mundo. Desafiava a sorte. Havia naquela soberba um desespero que se confundia com a estupidez e o suicídio e lhe permitia, entre outras coisas, pilotar um avião acompanhado apenas do filho de onze anos, depois de ter sido avisado mais de uma vez sobre o risco de episódios recorrentes da malária que o acometera meses antes.

Do que ele se lembra, o hospital era uma casa térrea e comprida, pintada de verde. É possível que fosse um hospital militar. Não ficava longe do aeroporto. A diferença entre o hospital e as poucas casas pelas quais passaram no caminho era o gramado e o muro baixo que o separavam da rua, enquanto as fachadas das casas que o precediam avançavam sobre a terra, sem recuo, desafiando, na falta de calçadas, o limite frágil entre o público e o privado que ali consumia tudo. O pai chegou lá segurando a cabeça com uma das mãos, o rosto vermelho de quem acabava de voltar de uma temporada no inferno. Quando os dois entraram, a recepcionista cochilava com a cabeça caída sobre os braços cruzados numa carteira escolar. Despertou com o arranque do táxi que partia. Era só uma menina à qual o sono dava ares de má aluna. O filho disse que precisavam ver um médico com urgência. Apertava a mão do pai, para lhe dar apoio. Com os olhos inchados e a má vontade de ser chamada ao dever no meio de um sonho, a recepcionista pediu que esperassem um instante, indicando ao pai um banco de madeira encostado na parede, enquanto ia ver se o doutor podia atendê-los. O único médico no hospital ficava fechado em sua sala, como se quisesse evitar a visão dos doentes ou talvez porque não houvesse nenhum. Do que ele se lembra, eram só ele e o pai, o que obviamente não era possível, um hospital vazio, como se não houvesse doentes na cidade. Para que aquelas lembranças tivessem algum realismo, era preciso haver pelo menos alguns pacientes perambulando pelos corredores, em camisolas encardidas, como almas penadas. Ele não se lembra de nenhum. Teria acreditado se tivessem lhe dito que não sobreviveram e agora se encontravam no limbo, à entrada do mundo dos mortos. Ali começou o suadouro. Quando o médico, um homem escuro, de cabelo liso cortado à escovinha, óculos redondos de aro metálico e jaleco branco, veio buscá-los e os conduziu até a sala de consulta na ponta do outro corredor, o pai já estava ensopado, a camisa e a calça coladas ao corpo, como se tivesse sido surpreendido por um aguaceiro num descampado sem abrigos. Mais que isso, o pai se liquefazia, era a própria chuva quente, encarnada. O doutor o ajudou a chegar até a sala e pediu que o menino esperasse do lado de fora. O filho olhou para o pai com olhos inquietos, e o pai o tranquilizou, forçando um sorriso cúmplice ao qual não faltava humor: "Já volto". Podia ainda não ser a cura, mas a experiência da aventura inaugurava uma nova fase entre os dois. O médico fez o doente entrar e fechou a porta às suas costas.

O menino foi até a cadeira onde chegaram a pensar em

sentar o pai, para que recobrasse as forças, a meio caminho entre a porta do hospital e o consultório do médico, no cruzamento dos dois corredores, e a arrastou para o lado da porta. Tirou o livro da mochila e procurou o capítulo onde o jovem herói ficava doente, antes de chegar ao planeta: "Já estava de cama fazia dois dias quando uma nova médica apareceu. Era uma mulher de cabelos grisalhos e lisos, cortados à altura do ombro. Era a primeira vez que ele a via, embora tivesse a impressão de reconhecê-la de sua vida pregressa na Terra, das lembranças que lhe faltavam. A médica passava uma imagem de segurança e autoridade. Usava óculos com lentes grossas, que lhe davam um ar de sabedoria. Havia uma razão para ela estar ali além do simples atendimento médico. Perguntou o que ele estava sentindo, antes de o examinar. E depois lhe disse, séria: 'Seu corpo não é seu. Um monte de formas de vida coexistem nele. Seu corpo é o universo. É o conjunto de todos os seres microscópicos que o disputam. Mais do que se prevenir contra as guerras, sua vida vai depender de como você resiste a elas. Não existe corpo em paz'".

Ele procurava se concentrar no que lia, sentado ao lado da porta por onde o pai desaparecera com o médico, mas não havia meios de avançar. Quando o barulho de passos se aproximando dentro da sala interrompeu sua leitura, ele continuava na mesma página, relendo, como se não compreendesse, o trecho em que Ava (era o nome da médica) explicava ao menino que o corpo dele não era dele, era o universo, parte do universo exterior e misterioso onde eles também viviam entre milhões de outras formas de vida, muitas delas desconhecidas, e que assim como o universo, ele era o conjunto de todas as formas de vida que o habitavam e formavam o seu corpo. Bastaria que o equilíbrio entre essas diversas existências mudasse para que uma revolução às vezes fatal ocorresse. "'Na verdade, poderíamos dizer', Ava disse, 'que cada vez que uma dessas formas de vida morre, o seu corpo se transforma, você se torna outra pessoa. Como estão morrendo e nascendo o tempo todo, você também está em constante transformação, é uma pessoa diferente a cada segundo, mas não sabe. Quer acreditar que é um só, único e independente.' Ele a ouvia como se ela soubesse e insinuasse alguma coisa do futuro, que não revelava para não estragar a surpresa ou para não assustá-lo. Os olhos escuros lhe inspiravam confiança, como se ela fosse a autora de uma história cujo protagonista era ele, e soubesse perfeitamente onde tudo aquilo ia dar. Desde que despertara na nave e percebera que, ao contrário dos outros, não guardava lembranças do tempo que vivera na Terra, vinha procurando quem o tinha posto ali ou soubesse por que o puseram ali, entre crianças que, ao contrário dele, compartilhavam um passado comum, embora viessem de ambientes e famílias tão diversos. Compartilhavam um planeta comum que deixaram para trás mas do qual ele não se lembrava."

Nessa hora o médico abriu a porta e o convidou a entrar. O pai esboçou um novo sorriso ao vê-lo, dessa vez como se naquele meio-tempo os papéis tivessem se invertido e fosse ele o filho, envergonhado de alguma travessura, e o filho fosse o pai. Estava sentado diante da mesa de madeira escura do médico. "Foi ele quem me salvou, doutor", o pai disse, estendendo a mão para o filho. "Se não fosse esse pirralho, eu provavelmente não estaria aqui." A mão do médico pesava no ombro do menino e o retinha: "É assim que deve ser. Já vai treinando para quando tiver de tomar conta do velho, não é? Por enquanto, é o pai que cuida do filho", sentenciou, passando um corretivo no doente, antes de levantar a mão e deixar o filho avançar acanhado na direção do pai, que o esperava com o braço estendido e o abraçou assim que conseguiu alcançá-lo, puxando-o para si.

"Então, doutor, o senhor não respondeu. Quando é que vou poder voar de novo?"

O médico hesitou, surpreso com a insistência, sentando-se do outro lado da mesa e contendo a irritação. "Achei que tivesse ficado claro. Para não corrermos riscos e o senhor não pregar mais nenhum susto no menino, em duas semanas."

"Não posso esperar tudo isso."

"Bom, o senhor foi advertido, não terá sido por falta de aviso. É pela sua segurança e pela do seu filho", o médico sentenciou, fitando o doente, sério, e em seguida desviando o rosto, constrangido com o retrato da irresponsabilidade na sua frente, enquanto buscava a caneta no bolso da camisa para fazer a prescrição. "Seu pai teve uma recaída de maleita", ele prosseguiu, com os olhos baixos, enquanto escrevia a receita, trocando de interlocutor sem levantar a cabeça. "Não adianta curar os sintomas se não atacamos as causas. Nós vamos atacar as causas. Ele vai estar melhor em uma semana, mas diz que só pode esperar três dias, tem compromissos inadiáveis. Diz que são coisas importantes, de vida ou morte. O que nós temos aqui é uma questão de vida ou morte. Ele faz o que quiser, é adulto, minha preocupação é com você. Me ofereci para ficar com você enquanto seu pai resolve seus negócios de vida ou morte. Tenho dois meninos, um mais ou menos da sua idade. Você pode ficar lá em casa até seu pai voltar."

"Eu agradeço o interesse, mas o senhor não entendeu. Está ultrapassando o limite da sua competência e assustando o menino. Do meu filho cuido eu. Achei que tivesse sido claro", o pai o interrompeu. "Afinal, que é que pode acontecer?"

O médico olhou para o pai do menino antes de responder: "Talvez nada, se tomar os remédios. Mas não posso garantir que não terá novos ataques. Aqui está", disse, passando-lhe a receita. "Precisa seguir à risca, se não quiser transformar a brincadeira num problema mais sério. Desta vez, escaparam por pouco."

O pai sorriu para o filho, maldisfarçando a raiva contra o médico e dando a entender que esperava sua resposta.

"Eu vou com ele", o menino murmurou afinal, correspondendo à expectativa do pai.

O doutor voltou-se para o pai, em silêncio.

"No final das contas, é ele quem decide. É assim que se aprende", o pai respondeu desafiador, passando a mão na cabeça do filho.

* * *

"Poucos anos depois de terem despertado, quando já se tornavam adultos, uma moça acordou de madrugada, rindo. Ele estava insone ao lado dela e quis saber o que era. 'Uma lembrança feliz', ela respondeu. E então contou como, um dia, quando era pequena, amanheceu vomitando, tão fraca e com uma febre tão alta que os pais pensaram que ela fosse morrer. Levaram-na para o hospital já quase desfalecida. E lá ela foi diagnosticada com insolação e desidratação, consequência de um dia de verão na praia, desprotegida sob o sol. Quando recobrou as forças, a primeira coisa que ela disse foi uma frase desconexa, que fez os pais pensarem que ainda delirasse: 'Estamos nos aproximando do planeta'.

"'Não podiam imaginar que eu falava do futuro', ela disse, rindo como uma louca.

"Ava estava ao lado dele quando avistaram o planeta. O limbo era uma borda cinzenta ao redor da esfera que ele associou a um tumor, como os que tinha visto nas aulas de biologia. 'A distância engana', ela disse. 'A verdade está em saber olhar, não nas coisas.' E embora aquelas frases pudessem ser ouvidas como platitudes, seu sentido também se encontrava mais em saber ouvir do que nas palavras. Sem que ele pudesse entender de imediato, tudo o que ela lhe dizia ficava gravado em sua mente, um manual de sobrevivência para quando chegasse o momento."

"Ava era humana?", o pai perguntou, deitado na cama

do quarto de pensão, onde se hospedaram saindo do hospital.

"Pode ser que sim."

"Mas também pode ser uma máquina, um autômato?"

"Pode, claro. O que dá pra saber é que está sempre por perto quando ele mais precisa."

10. Os retalhos

Como o cinema do outro lado da rua, o banco tinha três portas duplas de madeira, altas e estreitas, que durante o expediente ficavam abertas de par em par contra a parede caiada do lado de fora, por causa do calor. Não havia ar-condicionado. Os ventiladores de pé zumbiam nos cantos da sala, obrigando-os a falar mais alto. Não deviam temer os assaltos, até porque a segurança estava a cargo de um único guarda armado, que se mantinha a postos do lado de fora, conversando com os passantes e dando bom-dia aos clientes. Dois degraus ligavam cada uma das três portas à calçada cinquenta centímetros acima da rua de terra, fazendo supor que nas cheias a cidade se transformasse num braço do Almas. A mesa do gerente, em conformidade com a hierarquia e o privilégio do cargo, ficava no lugar mais arejado, atravancando a passagem de uma das portas convertida em janela. No mapa pendurado na parede atrás dele, a Amazônia Legal estava representada como uma imensa colcha de retalhos. Não havia espaço que não estivesse coberto por fazendas que faziam fronteira umas com as outras, como pequenos países, cada qual identificado por uma cor. O menino perguntou ao pai como faziam para viajar de carro sem invadir a terra uns dos outros. "Pelas estradas, como em qualquer lugar. As estradas são públicas", o pai respondeu, impaciente, não vendo motivo de contradição. Volta e meia um funcionário jogava um balde de água para o lado de fora, transformando em lama a poeira que os carros levantavam ao passar. O gerente era um homem gordo e careca, em mangas de camisa branca e suada, aberta até o peito onde se aninhava, num tufo de pelos, um crucifixo pendurado numa corrente de ouro. Era um homem tosco, que o pai do menino fazia questão de agradar. Cumprimentou-o como se fossem velhos amigos, com um efusivo aperto de mão. O cinema do outro lado da rua era, como o banco, uma casa térrea, só que pintada de verde como o hospital. As duas construções deviam datar da fundação da cidade cerca de cem anos antes, quando não passava de entreposto na rota de desesperados e aventureiros arriscando a vida por uma miragem na selva. Banco e cinema compartilhavam a mesma arquitetura bruta e despojada, alternando o lugar do sonho naqueles confins, entre dinheiro e imaginação. É possível que houvesse uma lógica no espelhamento. A única diferença entre as fachadas, fora a cor, eram as paredes descascadas do cinema e as caixas de vidro que lhe serviam de vitrines entre uma porta e outra, onde ficavam afixados os cartazes dos filmes em exibição.

O gerente lhe perguntou se não preferia deixar para pegar o dinheiro na véspera da partida, por segurança, mas ele já tinha divisado um plano, garantiu que não corria nenhum risco, preferia levar o dinheiro de uma vez e ficar livre para sair da cidade na hora que bem entendesse, quando se sentisse melhor. A verdade é que preferia correr riscos a ter de voltar ao banco. As visitas ao banco o constrangiam e humilhavam. Enquanto esperava o gerente voltar com o dinheiro, evitando os olhares dissimulados de clientes e funcionários que, a seus olhos, pareciam dissecar sua alma, observou pela porta aberta, além da mesa amontoada de pastas e papéis, o filho parado na calçada em frente, olhando os cartazes dos filmes na fachada do cinema. Mantinha a cabeça levantada, ligeiramente jogada para trás, esquadrinhando os cartazes, com as mãos cruzadas nas costas, como um pequeno adulto. O pai o surpreendera ao não se opor que atravessasse a rua sozinho. Não costumava ceder a suas vontades. A insistência do menino acirrava sua intransigência e não era raro que terminassem os dois emburrados, sem se falar. Aquele pedido, entretanto, fora providencial (o próprio pai, constrangido, tinha pensado em sugerir ao filho que fosse dar uma volta), não só porque toda a transação estava demorando excepcionalmente, mas também porque não queria que testemunhasse o agrado que reservava para quando o gerente lhe trouxesse o dinheiro. Lutava contra a consciência do amor ambíguo que sentia pelo menino, ao mesmo tempo filho e adversário, e que tornava a paternidade tão instável quanto uma relação amorosa. Queria estar com ele, sentia sua falta, queria tocá-

-lo, sentir seu hálito, vê-lo crescer, ouvi-lo falar do que ele gostava, de suas descobertas, das histórias de ficção científica e de viagens intergalácticas para salvar a humanidade, tinha orgulho do filho ao mesmo tempo que se irritava por ele não corresponder a suas expectativas. Aí começavam as contradições. Alimentava desejos incompatíveis. Por uma estranha inversão, o filho encarnava a lei. Desde que o vira pela primeira vez, recém-nascido na maternidade, projetou no menino a vida que ele mesmo não podia ter, fosse porque já a corrompera, perdera a chance e o momento, fosse porque no seu caso aquela vida estivera indisponível desde sempre. Mais que continuação, extensão ou complemento, esperava do filho um substituto e, inconscientemente, não descartava que essa substituição se desse por desvio e oposição. Bem no fundo, mas não sem se debater, esperava que o filho fosse tudo o que ele não tinha podido ser, como a promessa de qualquer criança mas como contradição, para redimi-lo. Projetava no filho o contrário de si, como redenção. Mais do que estar junto e acompanhá-lo em suas conquistas, desejava realizar no filho o seu oposto. Mas só até a realidade começar a irritá-lo. Como na idealização do amor, quase nunca estavam juntos (só se viam nas férias) e bastava uma semana juntos para já não o suportar, já não poder vê-lo pela frente, não querer passar nem mais um segundo a seu lado. Bastava uma semana para querer despachá-lo de volta para a mãe, para bem longe, para onde já não seria obrigado a se confrontar com a contradição daquele desejo, a realidade daquele ser, carne da sua carne e em tudo seu contrário. Oposição que estranhamente ele seguia desejando. O filho era a decepção que o irritava mas pela qual, na ambivalência do amor, também imaginava poder salvar-se.

Ou assim projetava o filho que, ao voltar-se para o banco, viu o pai que o observava de longe, à espera do gerente, e sorriu para ele. Continuava parado diante do cinema, como que hipnotizado pelos cartazes, quando minutos depois o pai o tocou no ombro, a pasta de dinheiro na outra mão. O menino quis saber se iam ao cinema à noite, como o pai havia prometido antes de começar a tremer no avião. Já fazia dois dias que estavam na cidade. Estava a ponto de começar a implorar quando o pai, sem conter o sorriso enternecido, disse que tudo dependia de como estivesse se sentindo à noite. "Tem uma sessão às sete", ele insistiu. "Até lá, a gente vê", o pai desconversou, pegando sua mão. Tinha pressa de sair dali. Não iam ficar parados no meio da rua, na frente do banco, com uma pasta cheia de dinheiro.

Em três horas estavam de volta ao cinema, depois de passar pelo aeroporto para guardar o dinheiro no cofre instalado no bagageiro do bimotor, e pela pensão para tomar banho e trocar de roupa. Chegaram cinco minutos antes do início da última sessão. Não havia bilheteria nem hall de entrada. Os ingressos eram vendidos do lado de fora. A filha do dono, uma moça mestiça, de cabelos pretos escorridos até os ombros, camiseta regata branca, shortinho vermelho e sandália havaiana, entregava os bilhetes e fazia o troco no tabuleiro apoiado na cintura, pendurado no pescoço por uma tira de couro. A sala de projeção ocupava o que antes fora um armazém, a plateia improvisada em cadeiras de plástico diante de uma tela retrátil. Do que ele se lembra, o interior também era verde-claro, como o hospital e a pensão. A mesma cor do capim que cobria o morro sob o sol, ao lado do aeroporto, e se alastrava pelos arredores da cidade até o início da mata, por analogia com a natureza, para evitar que se destacassem dos campos em volta, como se lhes faltasse imaginação, o verde servindo de camuflagem (mas nem tanto) para o posto avançado sobre a floresta, matriz da infecção oportunista e invasiva de uma sociedade predatória. Quatro ventiladores de pé zumbiam em permanência, um em cada canto da sala, como no banco. O zumbido abafava os diálogos do filme, em inglês com legendas, mas não era só por isso que ninguém reclamava. As três portas que davam para a rua ficavam abertas nas noites mais quentes, deixando entrar a luz dos lampiões. Ninguém impedia que um ou outro transeunte parasse de vez em quando na calçada para espiar alguns minutos da projeção antes de seguir caminho. O bangue-bangue em cartaz tratava de uma guerra entre brancos e índios que haviam trucidado duas famílias de colonos numa emboscada. Uma das primeiras cenas mostrava casas de madeira calcinadas e cadáveres de homens, mulheres e crianças espalhados pelo chão, o pastor empalado num poste. Os índios eram traiçoeiros e sanguinários. Dois caubóis a cavalo passavam a cena do crime em revista, cobrindo o nariz com a mão. Os índios tinham quebrado o pacto de paz com os colonos. Os caubóis não precisavam dizer nada; a ira estava contida em seus olhos claros e impassíveis. Era só o anúncio do que estava por vir. O filme era a história de uma vingança.

Uma dúzia de espectadores se espalhava pela sala, em cadeiras que já não formavam filas mas que correspondiam à desorganização das vontades individuais. Pai e filho se sentaram no fundo, perto das portas, e em poucos minutos o pai adormeceu, embalado pela vibração dos ventiladores e pelo sussurro de homens abraçados a mulheres que lembravam as índias do filme, só que mais feias. Pareciam indiferentes ao que acontecia na tela e ao zumbido dos ventiladores. Num movimento lento e progressivo, entretanto, passaram da aparente indiferença a uma manifestação coletiva sincronizada com o aumento da tensão dramática. Um riso aqui, um susto ali seguido de palmas, e por fim, durante os últimos vinte minutos reservados à vingança da dupla de caubóis, uivos de felicidade, enquanto índios eram derrubados, um a um, sob os tiros das Winchesters, e depois esfaqueados ou degolados, e foi nessa hora, no ápice da catarse coletiva, em meio a toda a empolgação, que o pai despertou e voltou a passar mal, primeiro resistindo em silêncio, para enfim dizer ao filho que precisava voltar à pensão. Não tremia como no avião, a febre voltara mais branda, segundo ele, mas temia o pior, não podia ficar ali nem mais um segundo.

A princípio contrariado — estava vidrado pelo massacre e pela catarse da sala —, ele acompanhou o pai, conforme se afastavam dos gritos dos espectadores que a essa altura aplaudiam de pé, enquanto os que continuavam sentados riam e lhes faziam provocações incompreensíveis, abraçados às mulheres que sorriam sem graça, tímidas, algumas sem dentes, pelas três quadras que separavam o cinema da pensão, interrompendo o silêncio a cada minuto para saber como ele estava, se ia desmaiar, e garantir que faltava só mais um pouco. O pai já não respondia. Tinha forças para fazer até um discurso se precisasse, caminhava por conta própria, não podia estar pior do que no avião, mas era como se de repente a doença lhe servisse de desculpa para se comportar como uma criança, tomando mais uma vez o lugar do filho e lhe atribuindo o lugar de pai. E era como se a inversão tivesse sido deflagrada pela cena do massacre que o despertou.

Ele se lembra da combinação aparentemente absurda e idiota entre as duas perguntas que fez ao pai naquela hora, talvez por exasperação, para testá-lo sobre a real gravidade do surto, agarrado a seu papel de filho: "Os índios não têm avião? Como é que deixam as mulheres ir ao cinema com seus inimigos?".

Poucos minutos depois de entrar no quarto de pensão e se jogar na cama, o pai pediu que ele massageasse seus pés, como se a febre o eximisse da vergonha de impor seus caprichos a uma criança. Dormiu como se não estivesse doente, com um sorriso que, para além da aparência de paz, expressava na verdade o ricto do seu sofrimento.

11. Uma odisseia no espaço

Do que ele se lembra, o hotel em Miami Beach tinha piscina a dois metros da areia e televisão em cores no quarto. Era a última etapa do périplo americano, que começara em Los Angeles e seguira por San Francisco, Portland e Nova York, por razões em princípio estritamente profissionais, para negociar a madeira do desmatamento. Nova York na verdade não estava no programa. Foi adicionada de repente, com a desculpa do interesse de australianos, também de passagem pela cidade, na compra de um lote importante da matéria-prima. Nem isso havia em relação a Miami, onde a princípio deviam fazer apenas uma escala na volta. Depois de quase um mês viajando, o pai já não se esforçava para justificar uma parada de última hora, com mais alguns dias de hotel. A Flórida estava coalhada de parques temáticos e havia a possibilidade de sair de barco para pescar com o filho em alto-mar, seria uma experiência única, ele ainda tentara explicar à mulher, por telefone, de Nova York, mas o pretexto de recompensar a companhia do menino com um pouco de diversão no final da viagem não a convencera. O filho era o fardo que ele tinha de carregar por decisão judicial durante as férias escolares. Já devia dar-se por satisfeito de ter passado um mês fora, viajando com o pai.

Durante aquela viagem, o homem pisou na Lua e ele viu pela primeira vez uma TV em cores (viu o homem pisando na Lua, em cores, na TV pendurada no teto de uma lanchonete nos arredores de San Francisco). Ligar a televisão era a primeira coisa que fazia quando entrava nos quartos de hotel, para conferir se era colorida e exigir trocar de quarto, se necessário. Quase sempre era. Ele estava sentado no carpete estampado, com os olhos pregados na tela da TV desregulada, indiferente às interferências que deformavam e duplicavam os corpos com uma aura verde, quando o pai lhe pediu para abaixar o som, porque não conseguia ouvir o que dizia a mulher no telefone. Não se falavam desde Nova York, quando ela desligou indignada com a novidade de uma parada imprevista em Miami antes de voltarem para o Brasil. Encantado pelas imagens distorcidas, tentando distinguir as figuras dos fantasmas, o menino não percebeu que o pai discutia com a mulher no telefone. Tinham feito uma viagem maravilhosa, que terminava ali. Tinham passado um dia extraordinário, pescando em alto-mar — como Hemingway, o pai lhe dissera — com a família de um amiguinho que ele havia conhecido na piscina do hotel. Quando, exaurido com a discussão, o pai o chamou para dar uma palavra à madrasta (e uma trégua a si mesmo), a única coisa que ocorreu ao menino foi relatar tudo o que fizeram juntos naquela viagem, ele e o pai, sozinhos durante um mês. Estava tão excitado que mal conseguia falar. E teve a infelicidade de começar o relato com uma frase de admiração e reconhecimento que ao pai soou potencialmente perigosa: "Você não sabe o que o meu pai...".

Antes que ele pudesse terminá-la, o pai arrancou-lhe o fone com um safanão, explicou à mulher que o filho não sabia o que queria dizer, a ligação ia sair uma fortuna, e aproveitou para se despedir e desligar.

A essa altura ele já estava chorando. Não esperava aquela reação. Não imaginava que pudesse passar pela cabeça do pai que ele o trairia, que contaria à madrasta sobre seus encontros com outras mulheres, uma a cada cidade, e que tanto a visita a Nova York como a Miami não tiveram outro objetivo. Não imaginava que o pai pudesse desconfiar dele, ainda mais depois de um mês juntos, dividindo a mesma cama. Não podia conceber que não percebesse o seu amor. E era o que ele dizia, entre soluços, ao pai consternado pela culpa. Nada o fazia parar de chorar. Até que o pai lhe propôs ir ao cinema. Era a última noite dos dois na "América" (era assim que ele dizia, como os americanos, quando estava nos Estados Unidos), se corressem ainda pegavam a última sessão.

Ele descobrira na véspera que *2001: Uma odisseia no espaço* estava em cartaz num cinema a duas quadras do hotel. Tinha assistido ao filme no Rio, com a mãe. Insistia que o pai também o visse, como se a experiência comum pudesse selar a cumplicidade conquistada na viagem e por tabela reaproximar o pai da mãe. Antes do início da sessão, em Copacabana, a mãe lera para ele o folheto informativo que distribuíam na entrada da sala, com a ficha técnica e a nota de um crítico japonês. Tinha a ver com Deus e psicanálise. Ou pelo menos foi o que ele reteve, sem saber muito nem de Deus nem de psicanálise, associando o filme às coisas que conhecia, por mais díspares que fossem, o catecismo da avó e a terapia à qual o submetiam três vezes por semana. Na véspera do mal-entendido do telefonema à madrasta, o pai havia se mostrado refratário à insistência do filho em assistir ao filme, ainda mais depois do esboço de sua preleção infantil, mas agora era o único recurso que lhe restava para fazê-lo parar de chorar.

O pai adormeceu ainda na pré-história. De vez em quando o filho o acordava para que não perdesse uma cena indispensável à compreensão do que depois ele lhe explicaria melhor. Na saída o pai sorriu ao ouvir o filho pontificando mais uma vez sobre o filme. Viu o homem que ele seria, sua vontade de entender o mundo, e seus olhos se encheram de lágrimas sem que o filho notasse. O menino estava demasiado entretido com a própria explicação para se dar conta do que quer que fosse, falava sem parar de coisas que mal compreendia: que Deus estava tentando falar com o homem; que Deus vivia numa lua de Júpiter; que o homem, seguindo o chamado de Deus, devia atingir um novo estágio de percepção e conhecimento, e daí por diante. Ele tentava reproduzir o que ouvira da mãe, um ponto de vista que não era seu, mas naquelas palavras infantis o pai acabou ouvindo a voz do adulto que ele viria a ser, com suas escolhas, sua lógica e seu lugar no mundo. Era uma criança buscando a independência por meio das ideias dos outros, sem compreendê-las totalmente. Ele passou a mão na cabeça do filho.

"Você não acredita?", o menino se esquivou do carinho.

"Acredito em tudo", o pai respondeu, rindo e o encorajando a prosseguir.

"Do que é que você está rindo? É sério. É um dos filmes mais sérios da história."

"Você está com fome?", o pai o interrompeu quando passavam por uma lanchonete vazia, ainda aberta. "Que tal um último cheeseburger e um milk-shake de morango, antes de voltarmos pro hotel?"

Do que ele se lembra, foi quando atravessavam a baía entre San Francisco e Oakland, na semana anterior, que o pai lhe falou pela primeira vez de quando pensou em sequestrá-lo meses depois da separação da mãe. Ele ia fazer sete anos e vivia na casa do avô, para onde a mãe tinha se mudado enquanto não arrumava um apartamento. Quando atravessavam a ponte entre San Francisco e Oakland, o pai lhe contou que tinha ido sozinho, de carro, de São Paulo ao Rio de Janeiro, para sequestrá-lo. E que voltara no final do dia, aos prantos, sozinho. Não chegou a dizer nada ao pai, mas nunca mais dissociou aquela revelação, que no fundo era uma declaração de amor, das imagens do homem pisando na Lua, que os dois tinham acabado de ver na televisão pendurada no teto de uma lanchonete de beira de estrada. Nunca mais esqueceu a trilha sonora daquela viagem. Atravessaram a baía num Buick azul, ao som de "This Guy's in Love with You", de Burt Bacharach, na versão de Herb Alpert, que o pai adorava.

12. Insurreição

Ao lhe entregar o dinheiro, o gerente aproveitou para convidá-lo (melhor seria dizer que o convocou) para jantar em sua casa no dia seguinte. Seria uma honra. Não aceitava recusa. O pai tergiversou, usou o menino como subterfúgio, mas o gerente insistiu, fazia questão, o convite era extensivo ao filho. "Há males que vêm para bem", ele disse, fazendo menção à doença que os obrigara a permanecer alguns dias a mais na cidade. Vivia fora da zona urbana, numa fazendola onde criava gado para o abate, seguindo o exemplo dos clientes de cujas contas cuidava, mas numa escala infinitamente menor e mais modesta, como ele fazia questão de sublinhar para agradá-los. Tudo no gerente era estratégia. "O abate para mim é um hobby", ele explicou ao receber pai e filho, na porta da casa, arrematando para evitar qualquer mal-entendido: "Não há termos de comparação com a magnitude do seu projeto! Isto aqui é só diversão de fim de semana".

Além do pai e do menino, um fazendeiro e a mulher também tinham sido convidados. Era um homem de testa alta, calvície avançada e beiço mole. Tinha a expressão e a empáfia de um sapo que se passasse por rei. "O país é de quem sabe mandar. Uns nascem para mandar, outros para obedecer. É o único sentido do mérito." A mulher loura a seu lado apenas assentia, sorrindo com os olhos baixos, sem deixar claro se realmente o ouvia e se concordava. Olhava por debaixo da mesa para o infinito. "Assim como a mulher, a terra é de quem sabe domá-la. E tomar dela o que ela esconde!", o fazendeiro riu, pondo a mão na coxa roliça da mulher. Além de criar gado, era dado à beletrística. Poemas, segundo ele. Cultivava a oratória de bacharel, disse. Os deveres familiares o obrigaram a abandonar o direito pela terra e pelo gado. Cuspia ao falar: "Nascemos aqui, sabemos o que é nosso".

O menino fez uma pergunta ao pé do ouvido do pai.

"Está gostando de Almas?", o rábula interveio com um meio sorriso, sentindo-se interrompido. E ao pai, já sem disfarçar o incômodo que a mudez do menino provocava: "Que é que ele quer saber?".

"Nada, coisas de criança", o pai desconversou. "Quer subir o morro ao lado do aeroporto."

"Por quê? Não tem nada lá!"

"Eu já disse isso a ele."

"A menos que goste de capim", o fazendeiro riu de novo da própria tirada. E, dirigindo-se ao menino: "É dado a escaladas? Que mais você quer fazer em Almas além de escalar montanhas? Hahaha. Aproveite, porque só temos uma. Montanha é modo de dizer. Montículo. E depois o abatimento infinito da selva".

"Ele ficou impressionado com a fuselagem do avião queimado na beira da pista", o pai se adiantou, cortando a exibição do fazendeiro, com um assunto que ele sabia ser explosivo.

Seguiu-se um instante de silêncio, o tempo para o rábula retomar o fôlego e perguntar ao menino: "Sabe o que é um subversivo?".

O garoto olhou para o pai, intimidado.

"Não sabe?", o homem insistiu, desagradável.

"Ele só quer saber por que o avião foi queimado", o pai saiu em auxílio do filho. "Expliquei que um grupo de bandidos estava tentando escapar, sequestrando um avião, quando foram impedidos pelo Exército."

"Nunca vamos esquecer aquele dia. Era preciso tirar os passageiros com vida", o rábula disse, retesando-se.

"Me lembro de sair correndo do banco pro aeroporto, com toda a gente, porque um avião desviado por subversivos ia descer aqui. A cidade inteira correu pro aeroporto. O Exército fechou tudo. A gente teve que assistir tudo de longe. Lembro do avião descendo contra o sol, o avião branco, só uma luzinha no horizonte, descendo devagar, trazendo os sequestradores, a tripulação e mais de trinta passageiros", disse o gerente.

"Minha prima Maria Anita...", a loura rompeu o seu silêncio, só para ser interrompida pelo marido.

"Sua prima foi parte do dano colateral inevitável numa ação daquele porte. O Exército não ia deixar um bando de terroristas seguir pra Cuba numa aeronave brasileira. Imagine a humilhação! Não iam abrir um precedente."

"Minha prima Maria Anita salvou os passageiros", a loura insistiu, com a cabeça novamente baixa.

"Sua prima Maria Anita era uma imbecil", o marido a corrigiu, exasperado.

"Que foi que aconteceu com sua prima?", o pai do menino não se conteve, mesmo prevendo o pior. A pergunta equivalia a largar uma bomba na mesa.

"A prima dela estava no avião, uma coincidência maluca, porque era um voo de Belém para o Rio. Houve até gente que chegou a sugerir que fosse ela a responsável pela parada aqui para abastecer, não é?", o fazendeiro olhou para a mulher. "Louca! Descer numa pista que não comporta um avião daquele tamanho, só pra se exibir, pra mostrar pra nós do que era capaz. Nada explica eles terem desviado até aqui em vez de seguir pra Salvador ou Belo Horizonte."

"Ela se ofereceu como refém, para que libertassem os outros passageiros", a voz da mulher se impôs mais uma vez, embora ela continuasse de cabeça baixa.

"Uma infeliz, uma encalhada. Possivelmente se encantou por algum dos subversivos. É uma síndrome conhecida!", o marido a interrompeu antes que ela pudesse explanar sua tese. "E não me venha de novo com essa teoria doida de que foi a Maria Anita quem fez eles pousarem numa pista de onde nunca mais poderiam decolar." E ao pai

78

do menino: "Vive dizendo que foi a prima quem convenceu os terroristas a abastecerem aqui. Sua prima é o caralho! Desculpe. Sua prima era uma idiota! E não é que os imbecis pousaram mesmo aqui?!".

Agora ela murmurava alguma coisa baixinho, sempre olhando para debaixo da mesa.

"O coração que se foda!", o marido retrucou. Era o único que tinha ouvido a admoestação da mulher preocupada com a saúde dele. "À encalhada da sua prima só restava mesmo se oferecer como refém. Não se enxergava. Ninguém queria saber dela. E é o que eu digo: bem feito! Bem feito!"

"Foi o Exército que explodiu o avião?", o pai do menino quis confirmar.

"Depois de esgotarem todas as outras opções, claro", o gerente contemporizou. "O principal era salvar os passageiros."

O assunto tinha despertado a ira do fazendeiro, que continuava a destratar a mulher. "Realmente não dá pra entender. Pra que sua prima Maria Anita foi se meter onde não era chamada?"

A loura já não abria a boca nem para murmurar uma advertência qualquer sobre o coração do marido.

"Uma imbecil, pelo menos nunca mais vamos ter que ouvir aquela voz."

"Os passageiros saíram vivos, não foi?", o pai perguntou à mulher, tentando fazê-la falar e assim reagir às ofensas do fazendeiro. Mas ela continuava calada, com os olhos baixos, como se lhe custasse dizer o que quer que fosse sem a autorização do marido, que cruzara os braços e também se calara.

"Saíram vivos, sim", o gerente respondeu no lugar dela.

"Menos a prima Maria Anita", o marido resmungou. "E os terroristas."

"E a tripulação. O avião parou aqui para abastecer, graças a uma manobra do piloto, que tinha esvaziado os tanques durante o voo, sem que os sequestradores notassem. O Exército exigiu que eles deixassem os passageiros desembarcar como condição para negociarem. Ficaram mais de vinte e quatro horas nesse impasse. Os sequestradores temiam que o Exército tomasse o avião depois de os passageiros desembarcarem. Burros. Não sabiam que não havia saída daqui para uma aeronave daquele porte. Tinha gente passando mal dentro do avião. Até que uma passageira se prontificou a seguir com a tripulação e os sequestradores até Cuba, em troca da liberdade dos demais. E os sequestradores se deixaram convencer de que bastava uma passageira e a tripulação como reféns", o gerente esclareceu, procurando acalmar os ânimos com um ponto de vista objetivo e exterior.

Mesmo assim foi interrompido pelo rábula, que voltava à carga: "E quem mais podia ser?! Quem mais? Maria Anita! Uma infeliz. Uma recalcada. Foi a grande oportunidade de se tornar importante na vida! Porque na verdade aquilo foi um suicídio, sim, um suicídio que ela encenou para todos nós. Estou convencido de que foi um suicídio, para chamar a atenção".

"Aqui estão as costelas! Aposto que não dispensa uma costelinha!", a mulher do gerente exclamou ao ver a cara do menino diante da travessa de ossos e carnes que ela trazia da cozinha, sem deixar espaço para a recusa.

"Acho que ele nunca comeu costela. Comeu, rapaz? Então, vai ser a primeira vez. É muito mimado pela mãe. Vai acabar estragando a vida dele. Mas hoje ele vai experimentar, não é, filho?", o pai garantiu, passando a mão na cabeça do menino, que se esquivou, irritado, sem responder.

"É carne de primeira, fresquinha, aqui da fazenda. O boi foi abatido ontem, especialmente", o gerente disse ao menino.

"Foram eles, os próprios subversivos, que explodiram o avião quando entenderam", o fazendeiro retomou a história a favor do Exército, como se ainda faltasse a última palavra.

"Isso foi depois do Exército quebrar o acordo", a mulher disse baixinho, falando para dentro como se não quisesse ser ouvida.

"Não se faz acordo com terrorista!", o marido rebateu, berrando. Parecia estar a ponto de bater na mulher. "Se não fosse o Exército, já estávamos sob o comando de Moscou, igualzinho a Cuba! É isso que você queria? É isso?!"

A mulher permanecia calada e imóvel, olhando para o infinito debaixo da mesa.

"Que acordo?", o pai do menino perguntou.

"O Exército concordou em deixar os sequestradores seguirem para Cuba, mas só depois de desembarcarem os passageiros", o gerente se adiantou ao fazendeiro, que não abandonava o refrão: "Menos a Maria Anita!".

"Permitiram que eles reabastecessem o avião e, assim que desembarcou o último passageiro — menos a Maria Anita e a tripulação", o gerente frisou sem olhar para o rábula, para evitar ser novamente interrompido, "começaram a metralhar o avião. As janelas se estilhaçaram. Não tinha mais como decolar. Os sequestradores fecharam as portas e tocaram fogo no interior do avião. Durou um instante, porque estavam com o tanque cheio. Ninguém esperava. O Exército achava que eles iam se render."

"Vamos comer, gente! Senão esfria", a mulher do gerente começou a servir os pratos.

O menino comeu arroz, feijão e macarrão, mas deixou a costela no prato, intacta, para constrangimento do pai. Do que ele se lembra, antes de saírem, a mulher do fazendeiro confiou ao pai dele, muito discretamente, quando se despediam, que o marido fora amante da prima Maria Anita.

13. As coisas são piores de perto II

"Mesmo se ninguém lhe explicasse como era possível que ele fosse o único ali a não ter memória, a não se lembrar dos dias felizes na escola, do carinho dos pais ou das férias na praia com os primos, havia quem o instruísse para coisas que os outros nem sequer imaginavam. Essas instruções ocorriam sempre que os outros não estavam ouvindo, quando acontecia de ele estar só com Ava, a médica que ensinava anatomia, ou com algum dos outros professores. Se estes eram autômatos programados para preparar os jovens passageiros para a sobrevivência num planeta estranho, alguém devia tê-los programado também para que lhe dissessem aquelas coisas surpreendentes que ninguém mais ouvia e que às vezes ele próprio acreditava ter sonhado, de modo que talvez sua presença na nave não fosse tão aleatória quanto ele chegara a imaginar e no final das contas houvesse uma razão para estar ali sem se lembrar de nada.

Ainda lhe faltavam os instrumentos e a experiência para compreender o duplo sentido que o implicava pessoalmente nas instruções de Ava a lhe dizer que a sabedoria não era tentar matar os corpos estranhos que o habitavam, porque eles voltariam mais fortes, mas usá-los como defesa, contra eles mesmos. A guerra seria sua sobrevivência.

"De onde vinham os cadáveres das lições de anatomia? Era uma pergunta que nunca faziam, que não lhes ocorria fazer, embora aqueles corpos se assemelhassem tanto aos seus. Era como se a memória (e a nostalgia) de dias felizes os desobrigasse dessas perguntas. Passava-se o contrário com ele. Talvez por não lembrar, o horror o interessasse. Se tudo tinha sido felicidade, afinal de onde vinham cadáveres tão jovens? De que tinham morrido? A pergunta ribombava em sua cabeça durante as aulas de anatomia, como a pulsação do sangue nas têmporas, sem que ele ousasse expressá-la na frente dos colegas. Já ali resultavam didáticas as lições privadas e aparentemente casuais que recebia de Ava e de outros instrutores sempre que estavam a sós, longe dos outros alunos, como que por acaso. Aprendia a perguntar. E também a hora e o lugar certo. Como se a esperasse fazia tempo, Ava sorriu ao ouvir afinal sua pergunta num dia em que ele deixou para sair por último da sala. Queria saber de quem eram os cadáveres. 'Não acordaram', ela respondeu. 'Ao contrário de vocês. Morreram dormindo. Não sofreram, se é isso que você quer saber. Não tiveram consciência da dor.' Morreram de quê? 'De várias causas. Não resistiram aos estímulos que receberam durante a hibernação.' Que estímulos? (As perguntas seguiam a ordem esperada por ela.) 'De diferentes ordens. Durante a hibernação vocês foram testados. Digamos que receberam diferentes vacinas, para que tivessem mais chances de sobreviver, como toda criança. Alguns não sobreviveram aos estímulos.' Como vírus desativados? 'Não apenas.' Houve um programa, então? (Ele se adiantava ao que podia saber.) 'Um programa?' Esses estímulos também eram psíquicos? 'Sim, também, intelectuais. A hibernação é um período de aprendizado do corpo e da mente.' Você diria então que alguma coisa deu errado na lição em que eu deveria ter aprendido a lembrar? 'Não', Ava sorriu, 'não diria que tenha dado nada errado. Você não esquece o que aprende.' Quer dizer que se não lembro é porque não há o que lembrar?"

Quando voltou ao quarto de pensão depois do almoço, fugindo do sol das duas, enquanto o pai resolvia os últimos trâmites no cartório, encontrou o livro aberto sobre a cama. Alguém o andara lendo. Era difícil imaginar que a arrumadeira o tivesse folheado e esquecido ali. Talvez o próprio pai, sem que ele tivesse percebido, adiantando-se impaciente à conclusão da história que fingia acompanhar com indiferença quando o filho a narrava. O menino leu o parágrafo no alto da página aberta: "Seu companheiro de cabine era assaltado por pesadelos recorrentes e inexplicáveis. Começava tremendo as pernas, em pequenos espasmos que se expandiam lentamente, tomando os braços e o tronco como na dança de são Guido. Terminava sentado na cama, paralisado, com os olhos esbugalhados para a escuridão, gritando no meio da noite. Demorava para entender que tinha sonhado (ou que ainda estava dentro do sonho) tal era o realismo dos pesadelos. Se não o sacudissem com força, era capaz de só recobrar a consciência minutos depois, e não dava para descartar o risco de nesse meio-tempo sofrer outro ataque, antes de ser vencido pelo cansaço e, como em geral ocorria, voltar a dormir como se nada tivesse acontecido. Se os pesadelos não tinham a ver com suas lindas memórias, então de onde vinham? Quando voltava a si e lhe perguntavam o que tinha sonhado, o companheiro de cabine era incapaz de completar um raciocínio, apenas balbuciava que o assaltavam, que o estiveram roubando repetidas vezes. A resposta era obviamente insatisfatória, talvez impossível, e por isso evitavam as conversas nos dias seguintes ao pesadelo, para não voltar à pergunta. Se ele tinha apenas boas lembranças, de onde afinal vinha o horror? 'Da perda', a especialista em sonhos lhes explicou, para tranquilizá-los, quando foram consultá-la com a suspeita de que os pesadelos pudessem na verdade conter um prognóstico, uma profecia ou uma advertência sobre o que os esperava. 'Não há o menor risco disso acontecer. O assalto é a representação do que perderam. Está no passado. Você não é o único a ter pesadelos. Sente-se roubado do melhor de sua vida, do que deixou para trás. O passado é roubo', ela lhes garantiu antes de os dispensar, cercada de papéis, dando a entender que tinha mais o que fazer.

"O estranho é que nunca lhes tivesse passado pela cabeça que, mais do que prognósticos, os sonhos talvez fossem representações do que viviam. Nem passado, nem futuro. Presente. A lógica interna dos sonhos é oportunista, capaz de incorporar elementos da realidade externa e lhes dar novos sentidos conforme as necessidades da narrativa onírica. A lógica do sonho é capaz de explicar, retrospectivamente, com uma assincronia de segundos, às vezes frações de segundo, como se fosse projeção, uma interferência exterior. Tudo o que acontece ao redor do sujeito adormecido é fagocitado e rebobinado pelo sonho com uma sofreguidão onívora. Se ouvimos um ruído real, simultâneo e exterior, a narrativa onírica lhe atribui um novo sentido dentro do sonho. Se no pesadelo o companheiro de cabine era reiteradamente roubado, talvez isso não estivesse ligado ao passado ou a um alerta sobre o que estava por vir, mas ao assalto repetido que ele sofria ali mesmo, a cada noite daquela longa viagem.

"Quando a primeira menina menstruou na espaçonave, todos ficaram fascinados pelo sangue — mas ninguém tanto quanto ela própria. Como sob efeito de um condão premonitório, nunca mais parou de escrever sobre o sangue que lhe escorria entre as pernas. É verdade que muitos demoraram a entender o que ela queria dizer exatamente com aquilo. Seus poemas não eram exatamente precisos. Mas os instrutores os convenceram (e a ela também) de que era poesia, e da melhor, e assim ela se tornou a poeta oficial da missão. Estava feliz por ter encontrado uma função, um lugar imprevisto dentro do projeto daquela viagem, para além de todas as promessas que, como eleitos, eles pudessem esperar. Foi pioneira nesse sentido. Sua missão seria afastar as dúvidas, cantando os feitos da colonização do planeta bem antes de pousarem. E ela assumiu esse papel com orgulho e galhardia. A poesia a acalmava como devia acalmar os outros, sem que ela contudo pudesse evitar seus mistérios.

"Entre os poemas, destacavam-se os da espera e os da aproximação. Os da espera, como se podia inferir pelo título, tratavam da expectativa na qual todos haviam crescido durante a viagem. Eles os entenderam e os reconheceram imediatamente como grandes poemas, porque de alguma forma já os esperavam. Logo nas primeiras leituras, depois de explicados pelos instrutores, esses poemas criaram uma empatia generalizada e universal que os converteu em clássicos. Os poemas da aproximação, entretanto, mais herméticos, não tiveram a mesma sorte. Não foram completamente compreendidos, apesar de todas as tentativas de explicação, enquanto não se revelou a chave de seu destino. Dito assim pode parecer um pleonasmo. Mas o fato é que esses versos estavam atravessados de contradições, de modo que eles só os entenderam muito depois, ou pelo menos aqueles que, por uma feliz eventualidade, talvez em busca de uma explicação para o que estavam vivendo, decidiram voltar aos poemas da nave, como ficaram conhecidos, quando já viviam fazia alguns anos no planeta e as promessas pareciam se esboroar diante de novos acontecimentos.

"Na verdade, não só os poemas da aproximação mas também os da espera continham sentidos que os jovens passageiros não podiam conceber (é possível que nem mesmo ela, que os escrevia) antes da chegada ao planeta e sobretudo do aparecimento repentino da segunda nave alguns anos depois.

"Quando já flutuava distinta e inexorável na atmosfera do planeta, como uma lua imprevista e inexplicável, ele procurou o antigo companheiro de cabine, o que sofria de pesadelos de perda e roubo, e lhe perguntou se aquilo o fazia lembrar alguma coisa, já que tudo na viagem havia sido motivo para lembranças do que perderam. Como ele próprio não tinha memória, criou o hábito de perguntar a quem estivesse a seu lado que lembranças traziam as situações que para ele eram sempre e simplesmente novas. Queria saber o que a experiência presente, comum, a presença conspícua e misteriosa da segunda nave flutuando sobre eles, que para ele não remetia a nada além da surpresa de vivê-la pela primeira vez, evocava nos companheiros de viagem. 'Meus pais', respondeu automaticamente o antigo companheiro de cabine, que agora vivia numa casa grande demais para ele, com horta e pomar, onde plantava vários tipos de legumes e frutas, à saída da vila que eles mesmos construíram. 'Penso nos meus pais', foi o que ele respondeu com os olhos levantados para o céu e para a lua metálica, imóvel. Era o que sempre respondiam diante do que nunca tinham visto. Lembravam-se da família que deixaram para trás e que àquela altura davam por morta.

"Foi um encontro estranho. Como todo mundo, o companheiro de cabine também estava obcecado pela presença lunar da segunda nave, mas evitava falar nisso. Quis saber por onde ele havia andado desde que tinham se visto pela última vez e ele lhe contou das expedições. 'Não é proibido?', o companheiro de cabine perguntou, espantado de que o amigo não se sentisse feliz na vila, como todo mundo.

'Não que eu saiba. Ninguém nunca me disse nada. É como se não me vissem', ele respondeu. 'Não é perigoso?', o companheiro de cabine insistiu. 'Perigoso por quê?' 'Pode encontrar alguma coisa.' 'Talvez. Você precisa ver com os próprios olhos', ele disse, sorrindo e balançando a cabeça, antes de se despedir. 'É um convite!'"

Sentado na cama do quarto de pensão, onde encontrara o livro aberto, ele o folheou com o polegar, como um baralho, até o capítulo no qual o companheiro de cabine enfim acompanha o herói à zona proibida:

"'Eis o deserto', ele disse, estendendo o braço para a planície.

"O companheiro continuava mudo, estarrecido: 'Como é possível?', perguntou, como se fosse cego.

"'Que é que você acha? São campos abandonados.'

"'Está tudo morto.'

"'Sim, foram abandonados antes da colheita. É terra devastada. Vem, quero te mostrar uma coisa.'

"O companheiro de cabine hesitou em entrar na gruta cuja boca ficava algumas dezenas de metros abaixo da superfície, dentro de uma cratera a cerca de dois quilômetros da casa que o amigo construíra e onde vivia, depois da mata. 'Você precisa ver.' O companheiro cedeu à insistência do amigo. Conforme avançavam para dentro da caverna, ele lhe disse: 'Alguma vez chegou a passar pela sua cabeça que suas lembranças podiam não ser suas?'. 'Não, por quê?' 'Porque talvez isso te ocorra em breve e é melhor estar preparado.' 'Que mistério é esse?' 'Não é mistério nenhum. Não é mais.' Mal ele acabou de dizer aquilo, entraram na câmara dos corpos, como ele a chamava. O companheiro de cabine parou petrificado diante da presença difusa que ganhou definição quando ele acendeu a lanterna. Eram montes de ossos muito semelhantes aos de humanos. 'É uma tumba?' 'Acho que tentaram se refugiar aqui.' 'Se refugiar do quê?', o companheiro de cabine perguntou. Por uns segundos os dois se encararam em silêncio. Ele apagou a luz. 'Afinal, de quem são esses ossos?' 'Foram extintos para que nós pudéssemos chegar', ele olhou para o companheiro de cabine, no escuro, na esperança de que sua consciência não tardasse, se é que ela fosse possível. Era possível que seus companheiros de viagem, selecionados entre os mais brilhantes, estivessem imunes à consciência, como se vivessem um sonho."

14. A iminência do desastre

O pai voltou no meio da tarde e se jogou na cama. Estava exausto. A culpa de encontrar o filho ali sozinho, lendo, levou-o a exortá-lo a continuar a história de onde tinham parado. O menino retomou a leitura em voz alta, mas antes de chegar ao capítulo seguinte, o pai já estava dormindo. Acordou para jantar. Os dois saíram para comer num restaurante ali perto, com mesas e cadeiras de plástico do lado de fora. Ficava a poucas quadras da pensão, de modo que decidiram ir a pé.

"No planeta as horas estão tão juntas que eles têm a impressão de viver os minutos como se fossem anos", ele disse ao pai no caminho.

"Como assim?"

"Não sei. É o que está escrito lá. Você dormiu nessa parte", prosseguiu, olhando para o pai, à espera de uma desculpa e de uma explicação. "O planeta é quase igual à Terra.

Tem quase o mesmo tamanho, quase as mesmas condições. Pode até ser diferente, mas não a ponto de modificar a percepção do tempo, né? Pra isso, teria que ser muito maior ou muito menor."

"A não ser que o planeta seja o livro."

"O livro?", o filho perguntou espantado.

"É. Como uma charada. Quando é que os minutos representam anos?"

"Não sei."

"Quando você lê. Você pode contar uma vida inteira em poucas linhas, não pode?"

Ele parou para pensar e quando deu por si o pai já estava lá na frente, avançava sem notar que deixara o filho para trás. Ele apertou o passo para alcançá-lo.

"Se é igual à Terra, pode ser a própria Terra. Eles podem ter voltado depois de todos esses anos", o pai especulou quando já estavam no restaurante, sentados nas cadeiras amarelas.

"Eu não disse que era igual; disse 'quase igual'."

"A viagem pode ter sido só o tempo pra Terra se reconstituir."

"Só?"

"Ué? Qual o problema?"

"Quem disse que a Terra pode se reconstituir?"

"O homem pode desaparecer e o planeta não. Estava aqui muito antes do homem."

"Pode virar um planeta morto."

"Que pessimismo, hein?!", o pai riu. "Imagina só quando chegar à minha idade!"

"Você acredita em vida depois da morte?"

"Que pergunta é essa?"

"Eles também podiam estar mortos dentro da nave."

"É essa a história?"

"Não. Você é que começou. Quer ouvir ou não quer?"

Eles brigaram antes de sair da pensão na manhã seguinte. Ainda estava escuro quando o pai o acordou. Queria decolar com os primeiros raios do sol e o filho, sonolento, insistia em subir o morro ao lado da pista, antes de irem embora. Dizia que o pai tinha prometido. Não sairia dali sem subir o morro.

"Que capricho delirante é esse agora?!"

"Não é capricho."

"É o quê, então?"

"Você prometeu."

"Ok, então sobe o morro enquanto eu arrumo as coisas no avião", o pai cedeu quando já atravessavam a pista.

"Sozinho?", o menino hesitou.

"Ué? Não quer ir? Não encheu o meu saco? Então vai, pronto. Não é homem pra ir sozinho?"

Ele olhou para o morro que se erguia maior do que nunca na sua frente. Não podia voltar atrás.

"Não é perigoso?", gaguejou.

"Como é que eu vou saber? Não era você que queria subir?"

Ele respirou fundo e caminhou para o morro, como se avançasse para a forca, sem olhar para trás. Subiu ofegante pela trilha no meio do capinzal que levava ao promontório onde avistara os curiosos que apontavam para eles no dia em que sobrevoou a cidade no comando do bimotor e fez a promessa de também subir ali caso saísse vivo daquela aventura. A aventura ainda não tinha terminado. Ele subia o morro guiado por uma nova consciência, como se o risco do desastre já não fosse relativo, mudando conforme o contexto e o ponto de vista, como o havia imaginado naquele dia, mas o acompanhasse aonde quer que ele fosse, onde quer que ele estivesse, no ar ou na terra. *Ele* era o risco do desastre. O capim o envolvia, imóvel, já não tremulava no crepúsculo da aurora, já não havia sombra nem brisa. Os raios do sol riscaram o céu azul, sem nuvens, quando ele chegou ao promontório. Do que ele se lembra, foi tomado pelo medo diante da imensidão verde na qual serpenteava o Almas, a cidade despertando modorrenta com a circulação dos primeiros carros e o pai entrando no avião e dando a partida nos motores lá embaixo. Já não era vertigem. Não tinha tempo a perder. De repente, estava correndo morro abaixo, tropeçando pela trilha pedregosa entre as paredes de capim, para não ser esquecido.

15. As coisas são piores de perto III

Ele esperou que o pai voltasse a tremer a qualquer instante durante o voo. Tinha associado a crise ao avião. A paisagem era o horror, mesmo que do alto parecesse fabulosa. Sobrevoavam as águas escuras do rio que refletia a luz do sol, serpenteando pela mata. Já não havia nenhum morro nem gente correndo. Tudo era plano e despovoado. O cheiro enjoativo do plástico exposto ao sol no interior da cabine agora o acompanhava como se exalado pelo próprio corpo. O percurso sobre o rio era mais longo. O pai decidira fazer aquele desvio por segurança, segundo ele, para não se afastar dos povoados, preferia não se arriscar em caso de uma nova crise, mesmo se não houvesse nenhum povoado ribeirinho à vista. As curvas do rio formavam praias de areia branca que brilhavam ao sol e às vezes o brilho das praias enchia seus olhos de lágrimas. Já sabia que a beleza era efeito da distância. "Até agora não vi povoado nenhum", ele disse. Mas o pai não o ouviu. Ou não quis responder.

Voavam fazia mais ou menos duas horas e ele seguia contando a história do planeta quando, depois de consultar o mapa, o pai deu uma guinada à direita, deixando o rio para trás. No horizonte, nuvens negras se erguiam enormes, uma barreira opaca de catedrais. Sobrevoaram outro rio, que também deixaram para trás, e alcançaram mais outro, que o pai adotou como caminho. "Que rio é esse?", ele perguntou. "O mesmo. Almas. Nunca o abandonamos. Só cortamos algumas curvas. Aqui só tem um rio. É sempre o mesmo em todos os lugares."

"Já estamos sobrevoando a fazenda. É tudo da gente", o pai o interrompeu minutos depois, antes de ele poder iniciar um novo capítulo.

"Tudo até onde?", ele perguntou, olhando pela janela.

"Até bem longe."

Sobrevoavam a mata uniforme e infinita como o mar.

"Não tem nenhuma casa."

"São mais quinze minutos até a sede", o pai sorriu, orgulhoso do espanto do filho com o tamanho da propriedade. "É um país."

"Você não quer mais escutar a história?"

"Hmm."

"Não está gostando?"

"É improvável."

"Improvável?"

"Difícil de acreditar."

"É porque você não está prestando atenção. Ouve a história aos pedaços."

"É difícil acreditar nos personagens."

"É ficção científica. Nada disso aconteceu ainda."

O pai levantou a cabeça de repente, olhando pela janela com uma expressão preocupada.

"Que foi?"

Fez uma curva repentina à esquerda, em silêncio, já não acompanhava o filho.

"Aonde é que a gente tá indo?"

"Quero ver uma coisa."

"Que coisa?"

O pai não respondeu.

"Que coisa?"

"Fica quieto!"

Ele se retraiu em reação à impaciência do pai e fechou a cara. Não adiantava chorar para manifestar a mágoa, por mais que se sentisse ofendido. Na verdade estava mais curioso e apreensivo do que humilhado. Nada explicava a mudança repentina na rota e no comportamento do pai. Alguma coisa tinha acontecido no mundo do lado de fora.

"Olha lá eles", o pai disse afinal, como se confirmasse uma suspeita. Salivava. Era uma satisfação diferente, cheia de ódio.

"Eles quem?"

"Filhos da puta", murmurou para si mesmo, numa espécie de transe.

Ele mal resistia a levantar a cabeça e se debruçar sobre o pai para ver. Tentava controlar a curiosidade, fazendo-se de emburrado. O pai fez outra curva, agora à direita. Ele viu de sua janela que sobrevoavam um semicírculo de palhoças. Seres minúsculos apontavam para o avião. Outros saíam correndo das casas, olhando para o céu.

"Achei vocês, seus putos!", o pai disse entre dentes e deu uma risada diferente, deixando a aldeia para trás. "Vamos dar um susto neles", disse para o filho ou para si mesmo, porque já não via nada a seu lado. Deu meia-volta, embicou o bimotor para o centro da aldeia e começou a descer.

"Chegamos?", o menino perguntou, mais por nervosismo do que por estupidez.

"Ainda não. Quase."

"Que é que a gente vai fazer?"

"Dar um susto nesses filhos da puta. Aproveita, porque vai ser único", o pai disse, fora de si, antes de enterrar o manche e mergulhar em voo rasante sobre a aldeia.

Conforme despencavam, ele agarrado ao assento, o frio subindo por dentro das pernas até a boca do estômago, uma combinação de horror e prazer que ele conhecia tão bem e até buscava em outras ocasiões, os índios começaram a correr para dentro da mata. Tentavam se salvar, os homens ajudando as mulheres, os velhos e as crianças, embora isso ele não pudesse distinguir lá de cima.

Antes de atingir o ponto de onde já não poderia evitar que se espatifassem no centro da aldeia, o pai arremeteu e ele, a seu lado, jogou a cabeça para trás, de volta ao encosto, o estômago na boca, o coração disparado, o sol o cegando por um instante.

"Por que você fez isso?", ele perguntou ao pai, quando afinal recuperou o fôlego, depois de voltarem à altitude e ao curso anterior.

"Não foi divertido? Viu o medo deles?"

"Vi."

"Que foi? Não vai dizer que ficou com medo, vai? Vai poder contar pros amiguinhos na escola. Aposto que nunca passaram por nada parecido. Vai poder contar pra todo mundo. A vida é feita de privilégios, do que só a gente tem. Das aventuras que a gente guarda pra sempre, como um tesouro."

Voaram mais uns minutos em silêncio, a vibração surda dos motores abafando a pulsação sanguínea nos ouvidos.

"É verdade que os índios acham que as fotos roubam a alma deles?"

"Balela. Índio adora tirar foto. Por que você está me perguntando isso?"

"Na nave eles aprendem sobre os povos que viveram na Terra e que desapareceram antes deles."

"Pra quê?"

"Pra que o quê?"

"Pra que aprender sobre esses povos?"

"Sei lá. Pra não desaparecer também, eu acho. Você disse que não acredita nos personagens do meu livro..."

"E daí?"

"No filme que a gente viu lá em Almas..."

"Que é que tem?"

"Os índios eram brancos maquiados de índio. Dava pra ver, né?"

Levaram mais dez minutos até a sede da fazenda.

O que o pai chamava de vila era uma sequência de cinco casas simples e idênticas, brancas, caiadas, alinhadas num descampado ao longo da pista de pouso de terra. Os telhados de zinco refletiam o sol à passagem do avião. A mata tinha sido derrubada num raio de algumas centenas de metros. As casas, a pista e uma sequência de currais comunicantes ocupavam uma clareira num mar de capim. O rio não ficava longe e também refletia o sol segundo as manobras do bimotor na rota de aproximação. Com a descida, o contorno das coisas se modificou, o mundo perdeu a graça e voltou a ser o que era, destruição ebuliente, em potencial. Quando baixou a poeira na pista, o menino pôde confirmar que as casas eram iguais, separadas por intervalos de cerca de cinquenta metros de terreno arenoso, coberto aqui e ali por trechos de uma grama rala e seca. Todas tinham alpendre virado para a pista. Pareciam inabitadas, como se tivessem acabado de ser construídas ou tivessem sido abandonadas antes de serem ocupadas. Ninguém foi recebê-los. Assim que o avião tocou o solo, o pai abriu a janelinha do seu lado, precisava de ar. Uma onda de calor entrou no avião junto com a nuvem de poeira, o que explicava não haver ninguém na pista. Os cães observavam de longe, atentos, sentados na sombra das varandas. Quando o pai desligou os motores, eles ouviram afinal o barulho de um carro que se aproximava, levantando a própria nuvem de poeira. Ele abriu a porta do lado do menino e lhe pediu que descesse. A caminhonete parou ao lado do avião, quando já estavam os dois em pé em cima da asa, o pai indicando ao filho como usar a escadinha retrátil. O administrador os cumprimentou, risonho. Aproximou-se, perguntou se tinham feito boa viagem e os ajudou a levar a bagagem para a caçamba da caminhonete. Era um homem alto, seco, com a pele morena, empoeirada, assim como o cabelo rente à cabeça. Tinha olhos pequenos, a boca fina e a cabeça quadrada.

"Vamos ficar só uns dias", o pai explicou a pouca bagagem.

O administrador os conduziu até a única casa que na realidade estava desocupada, numa das extremidades. Iam os três sacolejando no banco da frente da caminhonete, ele entre o administrador e o pai. A casa tinha cheiro de cimento fresco. Do alpendre, passava-se à sala, que tinha apenas um sofá velho e puído, e ao pequeno corredor que levava aos dois quartos e ao banheiro. Num dos quartos havia dois colchões no chão empoeirado. No outro, caixas de papelão amontoadas até o teto, entre outras tralhas. O banheiro era uma pia, uma privada e um chuveiro elétrico, sem boxe. O chão era de cimento queimado, tingido de vermelho. O administrador abriu as janelas, pendurou uma rede na sala e outra na varanda. A cozinha ficava no fundo, na área externa, sem parede mas coberta, onde haviam posto uma mesa quadrada de fórmica com quatro cadeiras. Não havia forro embaixo das chapas de zinco corrugado que cobriam a casa. A mulher do administrador trouxe o almoço, acompanhada da filha, e os observou em silêncio, enquanto comiam o prato de arroz com feijão e macarrão com molho de tomate, sentados em volta da mesa nos fundos da casa. A mulher era muito magra e morena, como o marido, um pouco mais baixa que ele, o cabelo preso num coque, o rosto anguloso. A filha não a largava. Mais do que encabulada, tinha algum tipo de deficiência. Já não tinha idade para viver enroscada nas pernas da mãe. Nenhuma das duas abria a boca.

"Estão lá desde quando?", o pai perguntou ao administrador, entre uma garfada e outra.

"Vai fazer mais de ano", o administrador respondeu, virando-se para a mulher, à procura de confirmação.

"E só agora me avisam?"

"Vão e voltam. São uma praga. Quando a gente foi ver já estavam aí, fugindo só Deus sabe do quê."

Fez-se um silêncio constrito, enquanto o administrador esperava o patrão terminar de mastigar.

"Eu sei do quê", o pai disse, com a boca cheia. "Achei que nunca mais ia ter que ver essa gente. Parece que não entendem os avisos. Vêm atrás de mim, como o diabo disfarçado de mendigo, pedindo troco."

A noite caiu de repente, assim como nasciam os dias. Eles comeram o charque que a mulher do administrador deixou sobre o fogão no final da tarde, enquanto visitavam os bois. O administrador passou depois do jantar, disse que a mulher viria lavar a louça e aceitou, meio encabulado, o convite do patrão para se sentar à mesa com eles, mas recusou a pinga. Disse que não bebia. Atrás da cozinha havia um quartinho cuja porta ficava trancada e sobre o qual falaram a determinada altura. Ele não prestava atenção no que o pai dizia ao administrador. Estava entretido com o casal de vira-latas, mistura monstruosa de fila brasileiro e perdigueiro, lambendo desarvorados, no chão de cimento, os restos que o pai lhes atirara. Ele escutava uma frase ou outra, mas não o suficiente para que compreendesse a conversa.

Antes de se deitar, o pai lhe entregou uma lanterna e o alertou sobre a eventualidade de bichos peçonhentos no banheiro — e foi o que primeiro lhe passou pela cabeça: que tivessem achado uma cobra ou um escorpião na privada, quando acordou no meio da noite, com os gritos do lado de fora e as folhas de zinco chacoalhando, como um lençol ao vento, sobre sua cabeça.

Do que ele se lembra, portas e janelas batiam furiosamente. O vendaval sacudia o telhado de zinco com toda a força. O saco de dormir do pai estava aberto e vazio. Quando se levantou, a porta da sala estava escancarada. Dava para ver a figura do pai muito além do alpendre, lá longe, em miniatura, gritando com os outros homens, ao redor do bimotor. Tentavam amarrar as pontas das asas e a cauda do avião a estacas de madeira que fincavam na terra. As asas corriam o risco de se partir, se sacudiam como se o avião tivesse se convertido num pássaro enorme e se debatesse depois de ser capturado, enquanto os homens a sua volta faziam o diabo para imobilizá-lo. Corriam de uma extremidade a outra, seguindo as instruções do pai, que segurava uma lanterna. Como não havia eletricidade, o interior da casa estava na penumbra, sob a luz bruxuleante dos lampiões de querosene. Os cães latiam. Ele saiu enrolado no saco de dormir, arrastando-o pelo chão. Avançou na direção do avião estacionado na beira da pista e parou a meio caminho. Observou em silêncio o desespero do pai que corria de um lado para outro com a lanterna na mão, sem iluminar exatamente nada, antes de se aproximar. Quando pousavam, o pai o alertara de que dali só saíam de avião, para que não restasse dúvida. Sem o avião, estavam presos. E aquilo não saiu mais de sua cabeça.

Era uma noite cega, sem lua nem estrela. O vento levantava a poeira do chão, de modo que o pai só notou a presença do filho quando o menino já estava a seu lado, parado, e o chamava. Gritou ainda mais forte ao vê-lo de pijama e sandália havaiana, enrolado no saco de dormir, a lanterna na mão, apontada para cima, uma figura diminuta e patética, parada no meio da noite escura, como se esperasse sua vez de ser carregada pela ventania: "Volta pra casa! Não está vendo que é perigoso?! Que é que eu vou dizer pra sua mãe se acontecer alguma coisa?!". Pela primeira vez ele ouviu o pavor na voz do pai. Eram os gritos de um condenado, esganiçados e roucos. Corria o risco de perder o avião varrido pelo vento. No meio do desespero, o pai se agarrou a um rapaz. Abraçou-o por trás, ajudando-o a segurar a corda amarrada na extremidade de uma das asas, e foram sentando juntos, devagar, até conseguirem prendê--la à estaca. Como se tivesse sido pego em flagrante, ao se levantar e ver o filho indeciso, ainda olhando para ele a meio caminho entre a pista e a casa, voltou a gritar, dessa vez com um ódio que rasgava sua voz: "Volta pra casa, porra!".

O pai se levantou antes dos primeiros raios do sol. Gostava de voar quando ainda estava frio, a luz era indireta e o orvalho cobria a fuselagem e o para-brisa do avião. O vento tinha cessado, dando lugar à promessa de um dia esplendoroso. Teria saído sem se despedir se o filho não tivesse acordado com o movimento ao redor. Tinha assuntos a resolver em São Félix. Não podia levá-lo com ele, não adiantava insistir. Voltaria no final da tarde. Por via das dúvidas, entregou-lhe uma espingarda 22 e uma caixa de munição, e o encorajou a usá-la para se defender e se divertir. Aquilo só o assustou ainda mais. Podia ir até o rio, pescar com o filho do administrador, o pai disse, dando-lhe um tapinha no rosto. A mulher do administrador traria o almoço.

Do que ele se lembra, o bimotor decolou tranquilo e desapareceu na distância do céu sem nuvens. O vento tinha descortinado o azul de ponta a ponta. Fazia cinco dias que o ataque de febre colhera o pai em pleno voo. Ele se lembrava das palavras de advertência do médico em Almas. Foi tomado por um sentimento de horror e solidão quando perdeu de vista o pontinho branco no meio do azul. Restava o casal de vira-latas a seu lado, dois monstros que o observavam do alpendre. Ele os deixou entrar, trancou a porta, enfiou-se no saco de dormir e se masturbou.

16. A religião dos índios

"Começou a fazer incursões em território desconhecido bem antes da chegada da segunda nave. No início eram expedições de apenas poucas horas no fim do dia, depois do serviço, enquanto os outros continuavam envolvidos na construção de suas casas. Não conseguiam se desvencilhar da memória das casas onde tinham vivido, imaginar outra que não correspondesse a suas lembranças, e se esmeravam tanto em reproduzi-las que acabavam por abandoná-las antes de ficarem prontas — começando outras desde as fundações — porque já não correspondiam exatamente a sua memória, já não as reconheciam. Passavam os dias nesse trabalho de Sísifo, quando simplesmente não se perdiam em detalhes infinitos ou em construções cujo tamanho, por terem acomodado no passado famílias numerosas, entre pais e filhos, também prolongava as obras para além do razoável. O resultado era uma cidade muito maior do que lhes era necessário.

"Como ele não tinha lembranças, construiu uma casa à sua medida, que terminou muito antes dos demais, sobrando-lhe tempo para ajudá-los, sem obrigação ou cobrança, por solidariedade, pela boa disposição de estar vivo e levantar as vigas, colunas e paredes daqueles projetos memoriosos, assim como para dar início às expedições, primeiro curtas e casuais, que aos poucos foram tomando mais e mais horas, ocupando mais e mais dias, adquirindo um escopo imprevisto e surpreendente. Nessas caminhadas, tinha tempo para refletir e se intrigar com diferentes assuntos que lhe pareciam incompreensíveis ou ilógicos, como o fato de que, apesar de todos os esforços para evitar a repetição do que abandonaram e poderia destruí-los, a memória só servisse para enredá-los na reprodução de suas lembranças. Não tinham tempo de se aventurar em territórios inexplorados, como ele, porque estavam presos à reconstrução minuciosa do que conheceram, à reconstrução impossível do que abandonaram para sobreviver, e que por isso mesmo, talvez, inconscientemente, fossem levados a abandonar de novo.

"Tentavam reproduzir as paisagens de seus sonhos. Construíam casas demasiado grandes, para só se dar conta disso quando já não lhes restava outra saída senão abandoná-las. Ele foi o único a construir uma casa que não correspondia a nenhum sonho nem memória (que ele não tinha), e que por isso terminou antes deles. Não construiu uma casa onde não poderia viver, para depois abandoná-la e er-

109

guer outra, e assim começou a se afastar, a procurar outros lugares sem saber que procurava, cada vez mais longe da vila. Era estranho que, por sua incapacidade de lembrar, fosse o único a perceber a inadaptação dos outros ao que construíam. E foi quando começou a suspeitar de que os sonhos talvez não fossem deles."

Ao meio-dia, quando a mulher do administrador foi deixar o almoço, um prato de arroz com feijão e um pedaço de carne de sol, ele estava lendo na rede pendurada nas colunas caiadas do alpendre. Quando o filho do administrador passou, às quatro da tarde, para levá-lo até o rio, ele continuava lendo no mesmo lugar.

O filho do administrador era um rapazola magricela de quinze anos, pele escura e cabelos lisos, brilhantes e retintos, raspados na nuca mas com uma franja caída na testa, que ele afastava dos olhos pequenos, também negros, sacudindo a cabeça. Fisicamente, não tinha nada a ver com os pais ou com a irmã, mais parecia ter sido adotado ou roubado dos índios. Estava sem camisa, com um shortinho azul encardido e sandálias havaianas. Trazia uma sacola a tiracolo e duas varas de pescar na mão. Assim que apareceu, os cães se levantaram e começaram a latir, mas só até reconhecê-lo. Tinham herdado o pior da ascendência de cães fila. Enxergavam mal. A seu favor, nesse caso pelo menos, contava que o sol enviesado, começando a baixar, não permitia identificar o filho do administrador na contraluz, uma silhueta escura emoldurada pela mureta e pelas colunas do alpendre. O calor tinha diminuído um pouco. Disse que ia pescar e perguntou se o menino queria ir com ele. O rio era uma massa de água caudalosa que corria para o norte, por quilômetros e quilômetros, ao longo da propriedade, formando pequenas praias e enseadas nas curvas. A vegetação se adensava nas margens, em matas ciliares, onde o calor era menor que no descampado onde ficava a sede.

"Você não vai precisar disso", o filho do administrador vaticinou, enquanto o observava arrumar a mochila. "Não vai ler no rio, vai?" Mas ele pôs o livro na mochila mesmo assim, como se não o tivesse ouvido, e não disse mais nada.

Caminharam pela relva irregular ao lado da pista, passaram em silêncio pelo curral onde ele assistira na véspera aos vaqueiros marcando os bois recém-chegados do Sul com as iniciais do pai forjadas no ferro em fogo, e pelo picadeiro das emas, vazio àquela altura. Tomaram a trilha que levava ao rio por dentro do mato. Quando o cão macho tentava trepar em suas pernas, ele o afastava aos pontapés. Volta e meia, olhava para trás, para o céu. O filho do administrador ia na frente e fingia que não estava vendo. "É a Bíblia?", perguntou afinal sobre o livro que ele pusera na mochila.

Ele se surpreendeu com a pergunta intempestiva e balançou a cabeça.

"É por causa do seu pai?", o filho do administrador insistiu, depois de ele tropeçar mais uma vez nos cães, que atravessavam seu caminho, enquanto olhava para o céu às suas costas. "Não vai precisar da Bíblia. Ele vai voltar logo."

"Não é a Bíblia."

"É o quê?"

"Um livro de ficção científica."

O filho do administrador não entendeu.

"Um livro sobre coisas que não existem mas que podem existir um dia", ele prosseguiu e, antes que o filho do administrador continuasse perguntando, deu um exemplo: "Como o fim do mundo".

"A Bíblia fala do fim do mundo."

"Não li a Bíblia. Esse é diferente."

"Diferente do quê?"

"Na Bíblia não é Deus que conta? Aqui não. É a história de um grupo de pessoas numa nave, procurando um planeta pra salvar a humanidade, porque a Terra está morrendo."

"Igual na Bíblia. Só que lá também tem um monte de bicho."

Ele aproveitou que o filho do administrador tinha parado e protegia os olhos com a mão para ver um pássaro que passava gritando na contraluz: "Estou na parte em que o herói entende pela primeira vez que o que ele cresceu achando que era defeito talvez seja uma vantagem".

"É um gavião", o filho do administrador o ignorou, olhando para o céu. "Tá caçando. Não adianta ficar olhando pra cima. O som vem primeiro. Quando seu pai voltar, vai ouvir de longe o ronco do avião."

Ele prosseguiu, como se não tivesse ouvido: "É a história de um menino que não sabe o que está fazendo ali. Todas as crianças que foram selecionadas para participar daquela missão e que estão naquela nave têm algum dom, pra música, ciência, pros esportes, mas ele não sabe fazer nada, não tem nenhum talento".

"Deve ter entrado de penetra. Deve ter tomado o lugar de alguém."

O cão tinha desistido de trepar na perna dele e se refugiara do calor ao lado da fêmea, que espantava moscas debaixo de uma árvore.

"O que é que você sabe fazer de especial?", o filho do administrador perguntou, retomando o caminho. Os cães se levantaram e foram atrás.

"Eu?"

"É."

"Nada. Quer dizer, não sei. E você?"

"Sei montar as emas. Eu podia estar nessa missão pra salvar a Terra."

"Falta quanto até o rio?"

"Tamo chegando."

"Você vem sempre pescar?"

"Difícil. Foi meu pai que me mandou te trazer."

"Por quê?", ele gaguejou. E por um instante achou que fosse entrar em pânico.

"Você acha que seu pai não vai voltar?"

Ele corou. Não pensava que seus medos fossem visíveis.

"Que é que você faz todos os dias aqui, sozinho?", tentou mudar de assunto.

"Não estou sozinho. Ajudo o pai."

"Não vai à escola?"

"Ia antes de vir pra cá, quando a gente morava mais pra baixo, descendo o rio. Era mais perto da escola. Agora não dá. Leva três dias a pé."

"Três?!"

"Hmm."

"Pra sair daqui, tem que andar três dias?"

"Mais ou menos. Ou são quatro horas de barco, na cheia."

Uma voadeira os esperava atracada logo abaixo do barranco vermelho que formava a margem do rio naquela altura. O filho do administrador jogou as varas e a bolsa dentro do barco e tentou ajudá-lo com a mochila, mas ele se retraiu, impedindo que a tocasse.

"Só ia pôr na voadeira", o filho do administrador reagiu. A desconfiança do menino o melindrava. "É por causa do livro?"

Nada parecia poder separá-lo da mochila. O filho do administrador lhe estendeu o braço e o ajudou a subir na voadeira, antes de empurrá-la para dentro do rio, até ficar com água pela cintura. Indicou-lhe o banco mais próximo da proa, depois subiu e deu a partida quando a correnteza já os afastava da margem.

"E os cachorros?"

"Sabem o caminho de casa."

Não falaram enquanto deslizavam pelas águas opacas do rio. O barulho do motor os teria impedido de ouvir um ao outro. Com a mão na cana do leme do motor de popa, o filho do administrador o observava pelas costas, sentado na proa, singrando o rio.

Em dez minutos chegaram a um regaço protegido da correnteza. O filho do administrador desligou o motor, pulou na água e puxou a voadeira até a praia. Ajudou o menino a desembarcar, amarrou a proa num toco de árvore, jogou as varas e a sacola na areia e foi até uma ponta de pedra.

"Na verdade, ele tem uma missão."

"Quem?"

"O herói do meu livro vai fazer uma guerra, vai liderar uma revolução."

"Meu pai combateu uma revolução lá no Lemos. Já não tem nada lá. Não sobrou nada. Meu pai era do Exército, caçava guerrilheiros."

Ele se lembrou do jantar em Almas.

"Queriam escravizar a gente", o filho do administrador prosseguiu.

Ele escutava atento.

"Pode ser que algum dos subversivos tenha conseguido fugir pro mato."

"Não é perigoso a gente aqui, sozinho?"

"Não. O Lemos fica a dois dias de voadeira daqui. E depois meu pai e os homens que iam com ele mataram os chefes. Fuzilaram todo mundo. Faz tempo. Jogaram os corpos no rio pras piranhas comer. Se escapou algum deles, já deve estar morto, comido por algum bicho na mata."

"No meu livro, a revolução é diferente. Ele tem que despertar os companheiros escravizados por suas famílias."

"Estranho."

"O quê?"

"Nunca vi uma família escravizar os filhos."

"É complicado. Na verdade, não são as famílias deles. Teria que contar toda a história. Sabe o que é cobaia?"

"Sei."

"Se a sua família te fizesse de cobaia, você ficava do lado de quem?"

"Da família, uai."

"Por quê?"

"Cobaia não é gente."

Antes de mergulhar, o filho do administrador o notou parado ao lado do barco.

"Que foi? Não precisa ter medo."

"Não estou com medo."

"Vai ficar aí? Não vai cair?"

"Cair" era o verbo que faltava para ele associar a circunstância inofensiva a um pesadelo. Tinha a ver com altura e profundidade.

"Vou pôr o calção", ele disse, abrindo a mochila mas tirando o livro primeiro, e agarrando-se a ele como a uma boia.

"Não precisa ficar com vergonha", o filho do administrador o provocou, rindo. E depois, com uma ponta de irritação, ao vê-lo abrir o livro em vez de vestir o calção: "Você não vai ler agora!".

"Quer que eu leia?", ele o desafiou de volta, fingindo que era o que tinha ouvido. "Aqui não tem um peixe bem pequeno que entra no pau, abre as guelras e nunca mais sai de lá?"

"Abre o quê?"

"As guelras."

"Que é isso?"

"O lugar por onde os peixes respiram. É verdade?"

"O quê?"

"Que aqui tem um peixe que entra no pau?"

"No pau?", ainda não dava para saber se o filho do administrador era mais esperto do que demonstrava, se estava se fazendo de desentendido, de propósito, ou se era só ignorante. "Nunca vi. Deve ser... Como foi mesmo que você disse?"

"O quê?"

"O nome do livro."

"Eu não disse o nome."

"Disse, sim."

"Disse que era ficção científica."

"Então!", o filho do administrador riu, antes de mergulhar. E já na água, voltando à tona: "Pode vir! Nenhum peixe vai te fazer mal!".

"Não tem piranha?"

"Só vão te atacar se você estiver machucado. Tem alguma ferida? Se não tiver sangue, não tem perigo."

Ele tirou a camisa, os sapatos e a calça. Não tinha trazido o calção. Examinou o corpo inteiro antes de entrar na água, de cueca. Pisou no fundo de areia e retrocedeu por causa da água fria.

"Pode vir, não precisa ter medo", o filho do administrador insistiu. "Você tá pensando em fugir?"

"O quê?"

"Tá pensando em fugir daqui?"

"Por quê?", ele rebateu desconcertado, como se a pergunta o despisse.

"Pra que é que você quer saber quanto tempo leva pra sair daqui?"

Ele hesitou: "Quanto tempo leva até a aldeia?".

"Qual aldeia?"

"Dos índios."

"Que é que você quer fazer lá?"

"É longe?"

"Um dia, subindo o rio de voadeira, mas só dá pra ir na cheia. Agora tem muita pedra. A pé pode levar, sei lá, uma semana. Não sei onde eles estão. Por quê?"

Ele deu de ombros, a água pelos joelhos.

"Tá pensando em ir até lá?"

Ele balançou a cabeça.

O filho do administrador riu: "Você nunca viu um índio!".

Era como dizer que ele era virgem.

Ele abaixou a cabeça.

"Nunca?"

"Só de cima, quando a gente estava vindo pra cá."

O filho do administrador mergulhou a cabeça antes de sair do rio.

"Meu pai fez um voo rasante no meio da aldeia, pra assustar eles", ele completou, acompanhando o filho do administrador para fora do rio. "Alguns apontavam o arco e flecha pro avião. Estão dentro da fazenda. Você já foi lá?"

"Na aldeia?", o filho do administrador puxou as varas e se sentou numa pedra.

"Já foi?", ele insistiu.

"Nasci lá."

"Na aldeia dos índios?"

O filho do administrador não falava, estava entretido com a preparação dos anzóis.

"Foi lá que você nasceu?"

"Nessa não. Numa outra."

Ele observava o filho do administrador. "Como é que você pode ter nascido numa aldeia de índio se não é índio?", perguntou, mais amedrontado do que desconfiado, torcendo para que o filho do administrador não fosse índio.

"Meu pai trabalhava com um pastor. A gente foi expulso da aldeia."

"Vocês moraram com os índios?"

"Quase um ano. Até eles decidirem que a gente não podia ficar."

"Como é lá?", ele perguntou excitado pelo medo.

"Não sei, não lembro." O filho do administrador fez uma pausa para remexer as iscas na caixa de plástico de sorvete Kibon que tirou da sacola. "Meu pai disse que eles quase chegaram a acreditar em Deus."

"Quase?"

"Os índios têm outra religião."

"Como é que você sabe?"

"Eles são bicho. Você mata um e ele volta na pele de um bicho."

"Como é que você sabe?"

"Todo mundo sabe. É só olhar na mata. Os bichos são os índios mortos."

"Depois que vira bicho não morre mais?"

"Volta a ser índio. Os espíritos não têm casa. Na aldeia onde a gente morava, um homem morreu e voltou tamanduá pra buscar o filho."

"Quem te disse?"

"Meu pai."

"Bobagem."

"Uma semana depois do índio morrer, um tamanduá começou a rondar a aldeia."

"Como é que podiam saber que era ele?"

"O tamanduá foi até a casa do morto e levou o filho de dois meses."

"E daí?"

"Podia ser eu. Eu também tinha acabado de nascer. Se foi lá, é porque sabia que era a casa dele. Queria o filho. Não aguentava ficar longe do filho."

"Como é que o tamanduá pegou ele?"

"O bebê?"

"Não tinha ninguém em casa?"

"Só a mulher. A mãe."

"Ninguém mais viu?"

"Não. Foi ela que contou. O tamanduá falou com ela."

"Tamanduá não fala."

"Disse que foi pegar o filho."

"E quem garante que ela disse a verdade?"

"Tô dizendo! Depois ela foi embora da aldeia, foi viver na cidade. Da última vez que viram ela, tava pedindo esmola na rua, doida."

"Podia ser doida antes."

"Não, ficou assim depois que o tamanduá levou o filho dela."

"E se foi ela?"

"Se foi ela o quê?"

"Que matou o marido e o filho?"

"Só se for nesse seu livro. Tô dizendo que foi o tamanduá. Vem", o filho do administrador se levantou e mergulhou de novo, desaparecendo por alguns segundos, antes de voltar à tona. Agora mantinha só a cabeça fora da água: "Antes do meu pai ir pra aldeia — quando eu nem tinha nascido ainda — começou a aparecer por lá um bicho que nunca ninguém viu. Toda vez que um índio morria sozinho na mata, diziam que o bicho estava cercando a aldeia, mas só quem via era o morto. O bicho não aparecia nos rituais deles nem nas histórias que eles contavam. Foi o pastor que explicou pro chefe que só Deus podia explicar o que era aquele bicho. Foi assim que o pastor entrou na aldeia. Meu pai foi com ele. Era mateiro. Ele e minha mãe se mudaram pra aldeia com o pastor. Quando parte da aldeia começou a desconfiar da história, o bicho atacou a casa do pastor".

"Como é que ele era?"

"O bicho?"

"É."

"Dizem que era feio."

"Como é que podem dizer que era feio, se só os mortos viam ele?"

"Os espíritos contaram."

"Você disse que ele não aparecia pros índios nem nos rituais. Não pode ser feio se nunca ninguém viu. Essa história é muito improvável."

"O que é improvável?"

"Não pode ser homem e tamanduá."

"Índio é bicho. Você mata pra se defender."

"Você já matou?"

"Índio? Eu não, mas meu pai já."

"Foi por isso que vocês foram embora da aldeia?"

"Ele atirou num bicho na floresta. Achou que era um cachorro-do-mato. Estava escuro. Não dava pra ver direito. Também não encontrou o corpo, porque era de noite, ele precisava voltar, e quando chegou na aldeia, disseram que o Ferônio tinha sido ferido. Tinha voltado pra aldeia ferido. Ferônio era nosso vizinho. Meu pai não gostava dele. Dizia que o Ferônio roubava."

"Roubava o quê?"

"Levava mantimentos lá de casa. E depois tinha a queixa dos fazendeiros."

"Que fazendeiros?"

"Da outra margem do Almas. O Ferônio roubava bois. Agora estava ferido. Meu pai e o pastor foram ver o Ferônio, mas ele não quis dizer quem tinha atirado nele. Meu pai levou o Ferônio pra cidade, pra tirar a bala. Ele não queria ir de jeito nenhum, mas o pastor convenceu o chefe. O Ferônio foi levado à força. Morreu no caminho. Só depois, quando a gente foi embora da aldeia, é que o pai começou a sonhar com o Ferônio pedindo coisas."

"Que coisas?"

"O pai nunca disse. Acordava suando, gritando umas coisas que a gente não entendia e que só podia ser na língua deles, dos índios. Só depois é que a gente ficou sabendo que o Ferônio tinha nascido no mato. Ninguém nunca soube quem era o pai do Ferônio. Antes dele nascer, a mãe foi pra floresta pra parir. Ninguém sabe se ela queria deixar o filho na floresta. Quando encontraram o bebê chorando, da mãe sobrava quase que só osso. Virou comida dos animais da floresta, mas nenhum tinha chegado perto do Ferônio. Por isso deram esse nome pra ele, mistura de fera e demônio. O Ferônio vivia no mato à noite, que foi a hora que ele nasceu. Voltava pra aldeia de manhãzinha. Naquele dia, voltou ferido, pra morrer, feito bicho."

"Todo bicho é índio?"

"Não, mas todo índio é bicho. Se deixarem de ser bicho, nunca vão vencer os brancos. Branco não vira bicho."

"Homem não vira bicho."

"Índio não é homem. Eles expulsaram a gente. Ficaram com medo."

"Por causa do Ferônio?"

"Não. Foi depois. A verdade é que eu nasci duas vezes."

"Ninguém nasce duas vezes."

"Quando eu ainda tava na barriga da minha mãe, ela passou mal e o pai teve que levar ela pro posto, junto com um índio, na voadeira do pastor, mas eu nasci antes de chegar. Nasci morto."

Ele tentava seguir o relato do filho do administrador como se avançassem num cipoal. Estava com os olhos arregalados. Já não fazia perguntas.

"Naquele desespero todo, minha mãe chorando, o pai resolveu me jogar no rio. Tinham encostado a voadeira num barranco e ele continuou a pé pela margem rio abaixo, comigo morto nos braços, pra mãe não ver. O índio ficou esperando com a minha mãe. O pai não voltava. Eles começaram a ficar preocupados. E aí, de repente, ele reapareceu, chorando também, me trazendo de volta, vivo. Renasci quando ele me pôs na água."

"Eles se enganaram. Você não estava morto", ele tentou dizer, aflito com a história, mas era como se o filho do administrador não o ouvisse.

"Os índios nunca gostaram do pai, mas depois daquele dia a vida ficou mais difícil. Os jacarés invadiram o rio na altura da aldeia. O pastor mandou o pai dar um jeito nos jacarés, mas não adiantou. Ele saía de noite pra caçar os jacarés e deixava eles mortos na beira do rio. Naquele tempo a aldeia passou a comer carne de jacaré em vez de peixe. Mas não adiantava matar os jacarés, eles continuavam vindo e comendo os peixes. Ninguém mais podia tomar banho no rio. E aí os peixes sumiram. Não tinha mais peixe pra comer. Os jacarés tinham comido tudo, até as traíras do fundo do rio. Quando acabaram os peixes, os jacarés foram embora e não tinha nem mais jacaré pra gente comer. Então o pajé deu pra dizer que tinha jacaré vivendo na aldeia como homem. Começou só com uma insinuação. E acabou dizendo que era eu. Queria que o meu pai me devolvesse pro rio, de onde ele tinha me tirado, os jacarés estavam bravos. Quando os jacarés invadiram o rio na altura da aldeia, o índio que tinha acompanhado meu pai e minha mãe grávida na voadeira disse pro pajé que eu tinha sido trocado por um filhote de jacaré. Disse que meu pai tinha me roubado de uma ninhada de jacarés e que deixou o filho mor-

124

to lá. Disse que as lágrimas do meu pai tinham transformado o filhote de jacaré em gente, nos braços dele."

"Você não acredita nisso."

"No quê?"

"Na história do índio."

"Meu pai disse que não ia me devolver pro rio e aí a gente teve que fugir da aldeia. Mataram o pastor. O corpo dele foi encontrado dias depois, rio abaixo. Disseram que tinham sido os jacarés. Índio é mentiroso. Se a gente não tivesse fugido, eles matavam a gente também. Se você quiser, a gente pode vir caçar jacaré à noite. É só acender uma lanterna na cara deles, eles ficam parados, esperando você atirar. É só mirar bem no meio dos olhos. Não tem erro. Mas tem que ser à noite. Você tem medo?"

"Não", ele disse.

"Então, por que não cai?"

"Vou cair."

Ele avançou pé ante pé em cima da pedra.

"Mergulha logo!", o filho do administrador insistiu.

Ele mergulhou. Quando voltou à tona, o filho do administrador tinha desaparecido. Olhou ao redor, mas ele já não estava lá. Chamou por ele, em vão. E aí começou a vertigem. Imaginou as águas refluindo por um sorvedouro no meio do rio, que o engolia e a tudo a sua volta. Tentava alcançar a margem quando o filho do administrador emergiu num estrondo, como um crocodilo se debatendo para fora da água.

"Ficou com medo?"

"Eu? Não."

"Você não acreditou na minha história, né?", o filho do administrador disse, aproximando-se.

"Não foi o que eu disse", ele se retraiu.

"Então, por que está com medo?"

"Não estou."

"Olha só", o filho do administrador levantou o braço esquerdo, expondo as costelas, e pediu que ele as tocasse.

Num gesto automático, mais do que hesitante, como se já esperasse o pedido, ele fechou os olhos e estendeu o braço. Foram só uns segundos até retirar a mão e abrir os olhos de novo. Não havia nada anormal no corpo do filho do administrador. As costelas saltadas confirmavam sua humanidade. O toque cego, entretanto, permitia que ele imaginasse o que o filho do administrador lhe contara sobre a troca ao nascer. O tato dava à realidade uma coerência mágica.

17. O altar da voz

Ele voltou do rio com os olhos pregados no céu, apesar do que repetia o filho do administrador, que o som precede a imagem. Preferiu não o contrariar com o exemplo dos raios. Não ouviu nenhum ronco de avião e o pai de fato não voltou até o cair da noite, quando já não lhe era permitido voar. Ele se trancou em casa quando o céu se encheu de estrelas e abriu o livro:

"Eles se autodenominaram pioneiros bem antes de o desembarque dos passageiros da segunda nave dar ao termo um sentido comparativo, por oposição. A segunda nave despontou no céu límpido, numa tarde em que ele voltava de uma de suas expedições. Surgiu como um pontinho, um brilho distante, e foi crescendo até parar no meio do céu, como a lua cheia na memória dos homens. Ali ficou durante meses, parada no lugar da nave que os trouxera e que desaparecera de repente, sem aviso, quando já não precisavam dela. A segunda nave tomou o lugar da primeira, sem entretanto estabelecer contato, uma presença hierática e silenciosa, inexplicável, incontornável. Durante os meses em que a segunda nave pairou sobre eles, suas vidas perderam o sentido que haviam concebido antes de chegar ao planeta, sem ganhar necessariamente outro. Diante do inesperado, e de uma nova expectativa com a aparição da segunda nave, tudo se tornou mais arrastado e trabalhoso. Cada gesto, por menor que fosse, exigia um esforço redobrado de convicção. De que adiantava começar alguma coisa se, mais dia menos dia, tudo seria posto à prova de novo, no confronto com o imprevisível, com o mistério da segunda nave? Ao voltar para casa num final de tarde, ele abriu os poemas da espera e da aproximação e se surpreendeu com um verso que dizia: 'A espera cria o hábito dos desesperados'. Naquela noite afinal sonhou com o planeta. Sonhou que estranhos invadiam sua casa e ele não encontrava armas para se defender, porque se desfizera delas, convencido de que eram desnecessárias, já que eles não corriam nenhum risco, nenhum perigo. O planeta os havia acolhido e desarmado. Tudo era motivo de esperança e alegria. Havia água em abundância. A terra era fértil. Não haviam contraído doenças desconhecidas nem sido atacados por animais perigosos. O planeta correspondia à Terra Prometida, inabitada, à espera deles para fecundá-la. Aos que já esboçavam algum tipo de agradecimento ritual a forças superiores e desconhecidas, a presença da segunda nave foi a princípio um elemento constrangedor. Preferiam que as forças superiores continuassem desconhecidas e invisíveis a ter de conviver com sua sombra. Como tudo é hábito, já estavam acostumados com aquela presença quando a sombra manchou o campo de batatas ao lado da aldeia e cresceu até confundir-se com a noite. Ficou parada no céu por mais quarenta e oito horas, só que agora muito mais baixa, como uma lente de aumento a examiná-los de perto, causando imenso rebuliço entre eles, antes de prosseguir finalmente em sua rota de pouso, para o outro lado da montanha, longe da aldeia onde eles agora debatiam seu destino com o assombro e a impotência de indígenas confrontados com a chegada de autodenominados descobridores. Uma expedição foi organizada no mesmo dia em que a nave por fim pousou, com vinte homens e mulheres que partiram para onde nunca tinham ido, à exceção dele, que conhecia bem a região."

Às sete e meia, o administrador deixou em cima do fogão um prato de macarrão com molho de tomate, arroz e feijão, coberto com outro prato invertido e amarrado com um pano de cozinha, e uma panela de sopa de pacote. Bateu na porta e disse que voltava às oito e meia para falar com o pai no rádio. Ele comeu e o esperou. Estava lendo na rede quando a mulher do administrador veio chamá-lo. O marido já estava no rádio. Ele correu pela lateral da casa até os fundos, os cães na frente, emaranhando-se entre suas pernas. O administrador estava na despensa atrás da cozinha, diante de uma geringonça inverossímil na forma e no tamanho, com um microfone na mão. Repetia: "Câmbio!

Câmbio!". O rádio era uma máquina robusta, feita de um metal que podia ser tanto ferro como alumínio pintado de cinza fosco, o que lhe dava um aspecto maciço e primitivo. Estava confinado à despensa sem janelas, um lugar igualmente inverossímil para as comunicações. Tinha sido instalado em cima de uma mesa encostada na parede, como um altar improvisado entre caixas de papelão empilhadas até o teto e a estante de ferro que revestia a parede oposta. O administrador estava sentado numa cadeira de escritório, com rodinhas, os dedos nervosos nos sintonizadores. O menino entrou na despensa, sem que ele percebesse, a tempo de ouvir a voz do pai, que saía falhada da máquina: "charlie--oscar-romeo-romeo-echo-romeo-india-alpha". O administrador contestou: "E quem garante que fizeram mesmo o serviço?". A voz do pai ressurgiu metálica, plasmada à máquina, como se pertencesse a ela. Não dava para entender direito o que ele dizia entre os chiados e as interferências que o rádio emitia como um bulício de fantasmas. Tinha a ver com um aperto de mão e a memória do tato. O pai e o administrador entremeavam as falas com frases em código, com o pretexto de evitar os mal-entendidos. A mulher do administrador os observava em silêncio, encostada no umbral da porta. Foi só no meio da resposta do pai que o administrador se deu conta da presença do menino e, nervoso e atrapalhado, tentou interromper o patrão, repetindo: "Câmbio! Câmbio!", como uma advertência. "Seu filho está ao meu lado. Ele quer falar." O efeito foi imediato, como se houvesse planos que ele não devia conhecer, quando o administrador o chamou para falar com o pai. E ele, que viera correndo para isso, de repente se intimidou, hesitou em se aproximar e pegar o microfone. Quando o pai lhe falou, ele respondeu monocórdio, desconfiado, e acabou esquecendo ou deixando de fazer de propósito (porque agora lhe parecia indecente na frente dos outros) a única pergunta que realmente contava e que não lhe saía da cabeça: "Quando é que você volta?".

18. Cidade de balas

O administrador desligou o rádio e as luzes antes de sair (a mulher já tinha levado a panela de sopa e o prato vazio do jantar), mas se esqueceu de fechar a porta da despensa com o cadeado. Uma hora depois de ele ir embora, o menino voltou insone aos fundos da casa. Tinha visto nas prateleiras da estante de ferro na parede oposta ao rádio dezenas de caixas de cartuchos de espingarda. Cilindros verdes com base de latão amarelo estavam compactados dentro das caixas de papelão empilhadas até o teto. Era munição que dava para uma guerra.

Começou a construir uma cidade com os cartuchos da espingarda do pai. Um barril nos fundos da casa servia de lixeira onde eram descartados os estojos usados, mas ele preferiu os cartuchos novos, que ia trazendo da despensa conforme a cidade crescia, explosiva. Dispunha-os em pé, lado a lado, como uma paliçada de balas apoiadas em sua base de latão, no chão de cimento da sala, formando paredes e muros de casas imaginárias, sem teto, como teria podido suceder à sede da fazenda na véspera, com a ventania que antecedeu a partida do pai, e cujo interior ele podia ver de cima, como um gigante ou um deus onisciente. Era sua cidade descoberta, de paredes verdes e bases amarelas, douradas, a planta de um labirinto em miniatura, formado por ruas e casas sem telhado nem privacidade. O segredo, que ele dominava do alto, era o caminho que levava à única saída. Cada casa era composta por um ou mais cômodos comunicantes que terminavam por formar com suas paredes externas as ruas de uma cidade-prisão cuja saída só ele conhecia. A extensão potencial da cidade correspondia ao arsenal do pai, aos disparos guardados na despensa, e ele teria conseguido espalhá-la por todo o chão da sala no dia seguinte, como era seu objetivo, se os cães não a tivessem derrubado de madrugada, quando ele foi dormir depois de horas entretido na sua construção.

Houve momentos na infância em que ele construiu cidades de areia, na praia, como labirintos em miniatura num deserto cujas dunas despencavam no mar. Nesses casos, as casas eram cavernas cujo interior, tanto mais úmido quanto mais profunda fosse a escavação, ele conhecia apenas pelo tato. A visibilidade absoluta da cidade de cartuchos, cidade sem teto, dificultava imaginar a vida de seus habitantes, enquanto no interior invisível e tátil das cavernas de areia tudo era possível, tudo era imaginação. Como quando tocara as costelas do filho do administrador, a visão impedia a imaginação. Na cidade construída com os cartuchos da espingarda do pai ele podia ver o interior das casas, as ruas e a saída, mas não conseguia imaginar ninguém para sair dali. Era uma cidade vazia, abandonada. Na cidade de areia, em contrapartida, os caminhos eram túneis cujo acesso, vedado à visão, limitava-se ao alcance do braço e dos dedos mas que, se ele pudesse seguir cavando, levariam ao outro lado do mundo, ao mundo da sua imaginação.

Naquela noite, sob a impressão do que lhe dissera o filho do administrador a respeito de uma guerrilha da qual ele nunca ouvira falar, gestada nas entranhas da selva, ele sonhou que fugia da fazenda. Quando a mulher do administrador vinha trazer o café da manhã no dia seguinte, encontrava a porta escancarada e a casa vazia. Ele tinha ido embora. Só Deus sabia para onde. Afinal, como o próprio pai dissera, dali só se saía de avião. Também no sonho não havia estradas, de modo que, pensando em alcançar algum povoado ribeirinho onde vivessem os guerrilheiros, pela trilha que seguia para o sul, ele só podia ter esquecido o que viram quando já sobrevoavam a fazenda a caminho da sede. Haveria de cruzar com os índios que eles tinham avistado de cima, do avião. A trilha se estreitava até se fundir com a vegetação e desaparecer numa mata de arbustos. Ele não levava mais do que um cantil de água e o pão que guardara da véspera já com a intenção de fugir — o que o fazia crer, como se não soubesse e, sonhando, fosse um espectador de si mesmo, que não pretendia ir longe. Alguns anos antes, para se vingar da mãe, que viajara na véspera de seu aniversário de oito anos, ele também fizera as malas e saíra de casa decidido a ganhar o mundo, mas não passou da

134

portaria do prédio. Desta vez não fugia por vingança, para chamar a atenção de ninguém. Conscientemente, pelo menos. O pai o deixara sozinho na fazenda. Não sabia para onde caminhava, mas tampouco podia ficar parado, esperando pela sua volta. E se tivesse acontecido alguma coisa? E se o pai nunca mais voltasse? E se estivesse à morte ou morto? A pergunta não deixava de conter uma parte de raiva e outra de desejo, combinadas numa forma estranha de assombração que ele desconhecia antes de ouvir a voz metálica e incorpórea no rádio. Alguém tinha de tomar uma providência. Temia pelo que podia lhe acontecer quando ficasse claro que o pai não voltaria. Mais dia menos dia, a ausência do pai daria ao administrador motivo para fazer dele o que bem entendesse, escravizado ou cobaia de uma experiência qualquer. Não ia ficar à mercê daquela gente, à espera da sorte, de um avião de passagem para tirá-lo dali. Metade da água do cantil já tinha ido embora e ele não chegara a lugar algum. Sentou à sombra de uma árvore, uma entre tantas cujo nome ele desconhecia, ele pensou, e compreendeu que estava perdido. Se prosseguisse sob o sol a pino, morreria de insolação. À noite, seria presa fácil de animais. Sem comida (acabara de engolir a última migalha de pão), logo morreria de fome. Foi quando viu o primeiro indígena. Estava na sua frente, imóvel. Era um homem grande, pintado com o que ele deduziu (porque o sonho era seu) serem as tintas do luto. Usava um relógio de pulso que o tornava uma figura improvável, para usar uma palavra do pai. Como ele não trazia nada além do cantil, o encontro com o indígena, que em outras circunstân-

135

cias poderia resultar apenas em sua morte, era antes uma chance de sobrevivência. Não demorou a entender que se aquele homem pintado com as tintas do luto não o matou assim que o viu, era por reconhecer nele uma reencarnação. Seria levado à aldeia no lugar de alguém que o indígena acabara de perder.

Assim que chegou à casa onde ficavam os meninos de sua idade, entregaram-lhe uma borduna e o fizeram lutar até a exaustão. Sua sorte foi decidida num debate acalorado entre os mais velhos e o homem que o encontrara, cujas palavras ele não compreendia, embora entendesse que ele o defendia. Lutou como se da luta dependesse sua vida. Perdeu várias vezes. Mas não parou de lutar.

O início foi terrível, de um jeito abstrato e indefinido, porque vivia o próprio sonho como espectador. Era rechaçado por todos, motivo de chacota e xingamentos, mantido à distância, como se carregasse a peste. Enquanto as chagas abertas na sola dos pés não cicatrizavam, ele também não conseguia participar de igual para igual com os outros meninos nas corridas e provas que exigiam caminhadas descalças pelo mato, pisando em pedras e espinhos. À noite, o índio que o achara cuidava das feridas nos pés e o preparava para o pior. Quando afinal os meninos ficaram prontos para a guerra, foram levados ao centro da aldeia e instruídos pelos padrinhos. Ao sol e ao relento, ouviam as instruções e só comiam depois do pôr do sol. As mulheres traziam água para os meninos e ele não demorou para reconhecer nas que lhe davam água e comida a mãe e as irmãs daquele cujo lugar ele teria tomado, como substituto. Da guerra (ele não sabia contra quem ou o quê), cada menino voltaria mudado e crescido, com um lugar conquistado entre os homens. Por dias eles caminharam na mata, seguindo as instruções dos padrinhos para o confronto. Cada menino seguia sua trilha. Por mais que tivessem sido preparados, nada garantia o sucesso do combate desconhecido que tinham pela frente. A reação de cada um ao que encontrasse pelo caminho definiria a sua vocação e o seu destino. Seu caminho havia sido traçado pelo padrinho, guerreiro cujas proezas incluíam trazer para a aldeia, como troféu de um encontro do qual saíra vencedor, a alma do inimigo, na forma do relógio que ele não tirava do pulso. Aos poucos, conforme avançava no mato, o menino ia reconhecendo na trilha traçada pelo padrinho os lugares por onde passara para chegar à aldeia desde que se encontraram; caminhava de volta sobre os próprios passos, para o local do primeiro encontro.

O avião estava espatifado entre os arbustos. Primeiro, ele viu somente um fulgor entre as árvores. Correu até lá e reconheceu a fuselagem cuja porta fora arrancada, ajoelhou-se diante do banco vazio e chorou pelo pai e pela infelicidade do seu destino. Por pouco não tinha visto o avião no dia em que saíra sozinho da fazenda. Estava a poucos metros da carcaça quando o indígena o encontrou. Levantando a cabeça, ele deu de novo com o padrinho, que o seguira desde a aldeia. E só então reconheceu no seu pulso o relógio do pai. O indígena não havia perdido nem matado ninguém. Tinha reconhecido no menino branco sentado debaixo de uma árvore a poucos metros do local do acidente onde o pai morrera, talvez depois de uma tentativa malsucedida de rasante sobre a aldeia, o espírito do morto num corpo substituto.

Ao acordar, a visão dos cartuchos espalhados pelo chão da sala, a cidade derrubada, despertou nele, no lugar da raiva, uma nova identificação com os cães. Quando a mulher do administrador veio trazer o café da manhã, encontrou-o enroscado com eles, entre centenas de cartuchos espalhados pelo chão da sala, e soltou um grito, como se a visão do menino no chão, com os cães entre as balas, só pudesse sugerir uma cena de suicídio, jamais de masturbação.

Ao meio-dia, alguém deixou o almoço em cima do fogão. Ninguém o chamou, ninguém bateu na porta.

No final da tarde, ele ouviu enfim o ronco de um avião que se aproximava e saiu correndo na direção da pista, acenando com os braços abertos, pedindo socorro.

19. Simplesmente um animal

O dia seguinte começou com uma chuva fina e intermitente. E antes que ele pudesse constatar o paredão plúmbeo que se formava no horizonte, o pai o exortou a seguir seu exemplo e se apressar: "Arruma suas coisas, que a gente vai embora". Não deixou espaço para perguntas. Não tinha tempo a perder. Era uma pressa súbita e inexplicada, uma guinada radical em relação à esperança de talvez passarem alguns dias de férias juntos na fazenda, que ele havia nutrido como uma ilusão contra o medo, e na qual ainda acreditava quando foram dormir na véspera. O pai não tinha dito muita coisa desde que chegara. Estava diferente, mal-humorado, ensimesmado. Não trocara mais que umas poucas palavras com o administrador, como se durante sua ausência tivesse descoberto coisas que o levavam a desprezá-lo a ponto de nem se dar ao trabalho de dizê-las. Menos de uma hora antes destratara o administrador com uma rispidez que o filho desconhecia, embora conhecesse diversas faces do pai, e que era tanto mais despropositada pelo fato de o administrador apenas ter tentado convencê-lo do risco de partir às pressas debaixo de chuva. "Joga tudo na mala! Não vai ficar de frescura agora. Não quer ficar preso aqui, quer?", o pai lhe instou, entre idas e vindas, levando suas coisas até o avião, ao ver o filho ajoelhado diante da mala aberta no chão do quarto. A mulher do administrador os observava muda, da varanda, com a filha pendurada na cintura, enquanto o marido e o filho ajudavam o patrão a embarcar a bagagem.

Do que ele se lembra, decolaram sob o céu pesado e baixo, a chuva fina escorrendo em filetes horizontais pelo para-brisa, conforme o avião ganhava velocidade. Saíram da fazenda como se tomassem o último voo do inferno. Só ele correspondeu da cabine aos acenos do administrador, quando o bimotor passou a toda por ele ao lado da pista. Era uma figura triste e solitária, indiferente à chuva. Não dava para saber se estava realmente triste ou se no fundo ficara aliviado com a partida inesperada do patrão. Do alto, antes de desaparecerem nas nuvens, ele ainda viu a mulher, a filha e o filho do administrador, na varanda da casa, os rostos voltados para o avião que os sobrevoava, mas só a mulher e a filha continuavam a acenar num gesto inercial e tímido.

Contrariando o que o pai dera a entender antes de decolar, não voltaram para São Paulo. A urgência era outra. Em menos de meia hora estavam pousando em São Félix. A falta de pressurização da cabine não permitia que subissem além das nuvens, mais alto que a tempestade, e ele não ia se arriscar a enfrentá-la em suas entranhas. Pela segunda vez depois da noite do vendaval, o filho ouviu o medo nas palavras do pai, quando ele disse que estavam indo para São Félix. Era menos o medo da tempestade, de enfrentá-la em suas entranhas, como ele dizia, do que de acabar preso na fazenda, condenado aos caprichos da natureza, impotente, sem condições de decolar. Pela primeira vez, entendeu que o pai estava fugindo, mesmo sem saber exatamente do quê. O medo de não conseguir sair da fazenda também o assombrava desde que a ventania por pouco não carregara o avião no meio da noite. Era um alívio saber que não estava só e que o próprio arauto da cura pela experiência temia a vingança da natureza acima de todas as coisas.

Passaram dois dias em São Félix à espera da bonança que não vinha e que lhes permitiria seguir até São Paulo. E enquanto esperavam, as ruas convertidas em córregos de barro, ele leu os últimos capítulos do seu livro. Explicou ao pai que o encontro com a segunda nave estava escrito na forma de memórias. "Memórias de um desmemoriado", ele disse.

"O que é um desmemoriado?", o pai o desafiou, achando graça.

"Na verdade, vai ser a salvação dele", ele respondeu e começou a ler: "Quando desceu a primeira família, um grito ecoou entre nós e da agitação que provocou a alguns metros de mim emergiu uma jovem com o rosto coberto de lágrimas, correndo na direção do casal e de seus dois filhos adolescentes que, ainda na rampa de desembarque, hesitavam em pisar o solo do planeta. Só a notaram, correndo e gritando: 'Pai! Mãe!', quando já não podiam esquivar-se. Foi o que eu vi. Puseram-se na frente das duas crianças, horrorizadas com tudo o que viam, para protegê-las. Esbaforida, as lágrimas escorrendo pelo rosto, a moça abraçou o homem que ela chamava de pai e que, encorajado por um tipo que vinha logo atrás e que devia ter algo a ver com fazê-los chegar sãos e salvos ao planeta, um membro da tripulação talvez, tomou a dianteira, correspondendo de um jeito canhestro ao gesto da moça, enquanto a mulher alguns passos atrás, protegendo as crianças, não disfarçava a repulsa. Era constrangedor o descompasso entre a efusão do amor e sua falta. Outros gritos foram ouvidos entre nós, conforme iam surgindo novos passageiros na rampa de desembarque. Um a um, meus companheiros de expedição, tomados pela comoção do reconhecimento, corriam para abraçar pais e irmãos, sem notar o escândalo da emoção não correspondida. Os recém-chegados correspondiam aos abraços não como se reencontrassem filhos e filhas, irmãos e irmãs, mas como se os vissem pela primeira vez, sem disfarçar o desconforto. Era um espetáculo perturbador, que só eu parecia ver, como se estivesse ali para isso. Decidi me retirar antes de acabar só, incapaz de reconhecer pai, mãe e irmãos entre os recém-chegados. Caminhei pelo charco até o bosque e lá acho que desmaiei.

"Fui acordado por um homem que dizia ser meu pai e que eu nunca tinha visto. Talvez ainda estivesse sonhando, eu pensei dentro do sonho. Ele não fora reconhecido por nenhum dos meus colegas pioneiros da expedição de reconhecimento. Apressado e imprevidente, tentava a chance comigo. Matei-o ali mesmo, antes que tivesse a chance de me matar, e escondi seu corpo na floresta. Até que os recém--chegados o encontrassem e entendessem que nem todos estávamos hipnotizados, com certeza teriam se passado alguns meses, o tempo de organizarmos a resistência. Então, acordei. Desde aquele dia, esse tem sido meu único sonho.

"Depois disso, nos dias que se seguiram, já de volta à vila, um passageiro da segunda nave me reconheceu e, levantando os braços, chamou-me filho. Foi a coisa mais estranha. Eu o acompanhei, como se seguisse meu pai.

"Fui levado a viver com a família da qual devia me recordar, embora tampouco os reconhecesse. Devia ajudá-los a construir a casa na qual passariam a viver e que ainda não estava pronta, já que eu não a havia construído. Sem que tivessem pedido, por um acordo tácito que acomodava tanto a mim como a eles, passei a dormir na casa que construí à minha medida, onde eles não cabiam, longe deles e do acampamento que montaram no canteiro de obras. Plantei e colhi as plantas que os alimentaram. Se não eram odiosos, por que me tratavam daquele jeito? Cochichavam e tramavam. Me espreitavam de longe. Pensei em matá-los e fugir, como fiz com o homem do meu sonho. Não sabia que pouco a pouco meus companheiros de viagem passariam a sonhar o mesmo, depois de se esmerar em tarefas muito semelhantes às minhas, nas casas de famílias das quais, diferentemente de mim, tinham as melhores lembranças. Ao contrário deles, nada me ligava à gente à qual havia sido designado, nenhum laço afetivo, nenhuma recordação. Quando menos esperavam, fui embora. Era natural que desconfiassem que algo saíra errado nos planos. E que reportassem o ocorrido às autoridades.

"Foi nessa altura que uma frase começou a ecoar na minha cabeça: Estou à procura de uma floresta onde prevalecer."

Ele fechou o livro e olhou para o pai: "Ele não reconheceu os pais entre os inimigos. Não se rendeu. Os outros ficaram paralisados pelo reencontro com desconhecidos que eles reconheciam como pais e irmãos".

"E não eram?"

"Não, claro que não! Você não está prestando atenção! Os passageiros da primeira nave cresceram durante a viagem, em incubadeiras, onde foram incutidas neles as lembranças que, entre outras coisas, fariam com que recebessem de braços abertos os passageiros da segunda nave, achando que eram seus pais e irmãos. Eram cobaias. Foram criados pra preparar o terreno, confirmar se o planeta era habitável, se o ser humano podia sobreviver ali, se teriam comida, se não seriam vítimas de doenças e micróbios desconhecidos."

"Então as crianças eram os últimos micróbios a serem eliminados?", o pai perguntou, sarcástico.

"Não eram mais crianças."

"Os filhos."

144

"Os filhos de verdade foram pra lá com os pais, que pagaram pelo projeto. Os verdadeiros escolhidos estavam na segunda nave."

"Esse seu livro é bem subversivo, hein?"

"Que nem os terroristas do avião lá em Almas", ele provocou, irritado com o pouco-caso do pai.

"Só tem uma coisa errada nessa história."

"O quê?"

"Se foram programados pra receber os passageiros da segunda nave como se fossem suas famílias, como é que podiam se revoltar?"

"É a história dele. Ele vai liderar a revolta. Alguém desprogramou a máquina dele."

"Alguém?"

Ele olhou em silêncio para o pai.

"Que foi?"

"Nada."

"Por que alguém ia querer desprogramar uma das máquinas?"

"É o segredo da história. Alguém decidiu salvar ele, quando todos os outros foram programados, alguém se revoltou contra a ideia daquela missão, daquelas crianças transformadas em cobaias, na verdade criadas pra ser cobaias. E resolveu dar uma chance pra elas. Um pai, um robô, Deus talvez. É o que ele vai tentar descobrir, quando entender que tem uma missão, que não está ali à toa. É essa a guerra."

O pai ficou em silêncio. "Quem te deu esse livro?"

"Por quê?"

"Foi sua mãe?"

"Não."

"Isso aí até parece a vida de Cristo", o pai disse, sem disfarçar o ressentimento, e pela primeira vez ele sentiu o poder do livro que tinha nas mãos. "Essa história não faz o menor sentido", o pai continuou. "Eles podiam ter dizimado os filhos de mentira antes de chegar ao planeta."

"E quem ia trabalhar pra eles por amor?", ele rebateu. Como o pai não reagia, pulou algumas páginas e passou a ler sobre a guerra:

"As primeiras notícias da resistência circularam como um rumor. Uma moça que ele mal conhecera na nave tinha sido vista pela última vez saindo de casa ao cair da tarde, antes de desaparecer na floresta. O depoimento da irmã de cinco anos, única sobrevivente dentre os membros da família, possivelmente poupada por algum resquício de piedade ou simpatia da assassina, vazou apesar de todas as medidas de segurança e acabou alimentando as suspeitas sobre um movimento nascente. Ao chegar em casa depois de mais um dia de trabalho no campo, a moça degolara a suposta mãe, os supostos irmãos e o suposto pai, quando este veio em auxílio da mulher e dos filhos, com uma carabina nas mãos. A assassina usou uma faca de cozinha, que era o local onde ela própria se encontrava no momento do crime, chamada a preparar o jantar da família, como sempre fazia. Agiu sozinha, aparentemente exasperada, o que levou as autoridades a descartar o plano e a premeditação, mas não a tendência, já que o caso não era o primeiro. Outras famílias vinham sendo assassinadas de diferentes maneiras pelos supostos filhos que as precederam como pioneiros no planeta e que invariavelmente tomavam o caminho da clandestinidade depois de cometerem os crimes.

"Ele escreveu em seu livro de memórias: 'Era o início da guerra e eu os esperava no mesmo lugar onde avistei pela primeira vez, a poucos quilômetros de onde havia descoberto os ossos dos habitantes deste planeta, a aldeia onde viveram antes de serem extintos. Eram ruínas de casas invadidas pela vegetação, escondidas pela floresta, com portas e janelas que correspondiam à medida humana, e que me apetecia imaginar que eles tivessem deixado para nós, para que os vingássemos'."

Estavam hospedados no melhor hotel da cidade, uma espelunca de dois andares na praça central, onde uma índia passava a vida a pedir esmola, mesmo debaixo de chuva. Foi o pai que lhe disse que ela era louca, tinha matado o marido e o filho, pondo a culpa num tamanduá. Desde então vagava pela cidade, pedindo esmola e se prostituindo. Era a mesma história do filho do administrador, contada pelo ponto de vista da razão dos brancos. Diziam que tinha sido enganada por um homem que lhe prometera uma nova vida, tirá-la da aldeia, ser seu amante em Brasília, e desde então sumira. Um tropeiro que trazia boiadas do Pantanal para os pastos que avançavam sobre a selva, e que ela conheceu numa de suas passagens pela cidade, quando decidiu abandonar a família. Ela se aproximou do pai e do menino e lhes falou em sua língua quando saíam da churrascaria a duas quadras do hotel, no primeiro dia, depois do almoço, como se os tivesse seguido e os esperasse na porta.

"Que foi que ela disse?", ele perguntou, espantado, tropeçando nas pernas do pai, que não parou para ouvi-la.

"Não sei." E depois, irritado com a insistência do filho: "Quer que eu te entregue ao tamanduá em troca do filho dela?".

A perspectiva da razão branca não tirava da história o eco sinistro. As crianças eram a moeda de troca nas disputas entre homens e animais. A mulher repetiu o que vinha dizendo. Repetia a mesma coisa, sempre acrescida de uma nova frase incompreensível, o que dava à imprecação um ritmo de manancial, ao mesmo tempo insistente e inesgotável. "Vamos!", ele disse ao pai, tomando a dianteira. "Que medo é esse? É só uma índia", o pai respondeu, zombando do filho.

Mesmo sem entender o que ela dizia, via o medo que o pai tentava esconder com o sarcasmo. A índia não se dirigia ao menino. E o que dizia ao pai, numa sucessão de frases obscuras, não parecia se referir a nenhum pedido de esmola. Era o pai que ela visava, era o pai que temia. "O que ela quer?", ele insistiu, conforme avançavam pela calçada, fugindo da mulher que os seguia, praguejando em sua língua. "Não sei! Não sei!", o pai exclamou, já sem disfarçar o incômodo, tirando a carteira do bolso. Virou-se para trás e lhe estendeu uma nota de cinco cruzeiros, que ela ignorou. Continuava falando em sua língua coisas ininteligíveis, como se os amaldiçoasse. O pai puxou o filho. A chuva tinha se reconvertido numa garoa regular e persistente quando eles atravessaram a praça, sempre seguidos da mulher, que teimava em falar com o pai, cada vez mais ameaçado pela repetição. O menino já não o reconhecia. De repente o ouviu gritar. O pai gritava com a mulher. Disse apenas uma ou duas frases cujo teor ele não lembra mas que bastaram para fazer parar as poucas pessoas que passavam por ali na hora do almoço debaixo do chuvisco. O pai o puxou de novo, dessa vez mais forte, para dentro do saguão soturno do hotel. Estava transtornado, a camisa empapada de chuva e suor. Perguntou ao recepcionista como deixavam uma louca daquelas solta nas ruas. Era como se falasse de um animal raivoso, enquanto guardava na carteira a nota molhada de cinco cruzeiros. Foi no grito do pai, porém, naquelas duas frases lançadas contra a mulher no meio da praça, debaixo da chuva, seguidas do seu nervosismo no saguão do hotel, que ele identificou o uivo de fera acuada. A índia o apontava em praça pública, na frente de todos. Se o pai não a entendia, por que fugia dela?

"Você fala a língua deles?", ele perguntou quando entraram no quarto.

"Não."

"Então, que língua era aquela que te fez fugir?"

Acordar com a chuva inclemente depois da estiagem da noite era uma piada ruim. No dia seguinte, um homem veio buscá-los para mostrar suas terras. Queria vendê-las. Chover não significava que fizesse menos calor. Ele os es-

149

perava na recepção, suando, a camisa aberta até onde o peito peludo encontrava a barriga estufada. A caminhonete estava na porta do hotel. Seriam três horas de estrada de terra, àquela altura um lamaçal. Subiram na frente. Ele ia no meio, entre o dono das terras, no volante, e o pai. O dono das terras era um homem grande, que falava alto e se expressava com gestos espaçosos.

"Estão gostando da cidade? O menino já conhecia a região?"

As duas perguntas feitas a um só tempo permitiam que o pai fosse sincero sem ofendê-lo.

"Não."

"Uma pena essa chuva. Nunca vi chover assim nessa época do ano. Senão podiam sair pra pescar."

O menino não podia ouvir falar em pescaria.

"Daqui pra frente é tudo meu", o homem anunciou, abrindo o braço direito com uma teatralidade que, passando por cima da cabeça do menino, por pouco não atingiu o rosto do pai. Era como se a chuva se convertesse em capim antes de tocar o chão, um pântano por onde eles seguiam sem saber bem por quê. Ninguém queria comprar nada.

"Que é que quer o homem?", o dono das terras ensaiou uma resposta com a pergunta, como se filosofasse: "Um pedaço de terra, umas cabeças de gado, uma mulher".

Um ou outro boi desgarrado no meio do pasto debaixo de chuva olhava de vez em quando para o carro que passava espirrando lama.

"Um dia esse gado pode ser seu, filho", o homem disse ao menino, falando na verdade ao pai e retomando por vias interpostas a oferta de venda.

E aí, exausto, como se já não fosse senhor da sua vontade, ele reagiu com o que podia até parecer ironia, se não o subjugasse ao que era mais estranho ao seu mundo, aos seus sentimentos e aos seus desejos, e que de alguma forma correspondia na sua imaginação às expectativas do pai e do mundo ao qual agora encontravam-se obrigados.

"Que foi que ele disse?", o motorista perguntou ao pai que, espantado com o que acabara de ouvir, esboçava um sorriso entre desconcertado e orgulhoso.

"Disse que não precisa desse gado. O gado dele são as meninas na praia de Ipanema."

O homem riu com o pai, do autoengano dele talvez, para agradá-lo, uma risada forçada, que já era a sentença da vergonha que o menino sentia pelo ridículo de ter dito uma frase que não correspondia a absolutamente nada seu.

Quando voltavam já depois do meio-dia, ele disse ao pai que não estava aguentando de sede. Pararam numa barraca de tábuas coberta com folhas secas de palmeira, isolada na beira da estrada, no meio do descampado, uma barreira de árvores ao fundo marcando a retração da floresta. Um menino enfermiço, caboclo, sem camisa, atendia no balcão, enquanto o patrão branco preparava alguma coisa atrás dele.

"Que é que você quer?", o pai perguntou. "Coca, guaraná?"

Ele anuiu.

"Guaraná?"

O pai quis saber com o dono das terras, que puxava conversa com o homem de costas, no fundo, o que ele queria.

"Vocês são meus convidados. Aqui tudo é meu."

O homem serviu um copo de pinga ao dono das terras, enquanto o menino sem camisa abria um guaraná e pegava um copo. Pôs o copo no balcão e despejou o guaraná sobre um elemento viscoso e escuro que já se encontrava no fundo, imóvel ou morto dentro do vidro transparente.

Ele não sabia o que fazer com aquilo, em meio à sede e à exaustão. Pegou o copo, hesitante, e já ia beber quando o pai olhou para ele e o impediu.

"Que é isso?!", o pai gritou com o menino sem camisa no balcão.

O patrão que atendia o dono das terras se aproximou e deu um tapa na cabeça do menino. "Que merda é essa? Vai limpar esse copo!" E, virando-se para o pai, pediu desculpas e lhe entregou um copo limpo.

Ele nunca soube o que havia no copo que por pouco não bebeu. Se era só a ignorância do menino ou se também havia vingança no gesto. Parecia uma conserva. Podia ser pimenta, um escarro ou simplesmente um animal.

Naquela noite o pai perdeu o humor e a fome depois de ser cumprimentado por dois homens na churrascaria. Não quis dizer ao filho quem eram. Preferiu voltar ao hotel antes da sobremesa. Disse que ele podia tomar um sorvete no caminho. De manhã, aproveitando a primeira estiagem, fechou a conta e pediu um táxi. Foram embora sem nem mesmo tomar café.

20. Impotência

O táxi que foi buscá-los no hotel era o mesmo que os levara até lá dois dias antes. Já não chovia, mas o céu continuava carregado, o que significava que a chuva podia recomeçar a qualquer momento e era preciso correr se quisessem sair dali. Depois de dois dias de espera, o pai decidiu aproveitar a estiagem matinal para tentar a sorte. Foi uma decisão intempestiva. Ia na frente, ao lado do motorista, o filho no banco de trás, debruçado no vão entre os encostos dos bancos dianteiros, insistindo em saber o que dissera a mulher na porta do hotel. Ela se aproximara ao vê-los indo embora, daquele mesmo jeito da véspera, como se rogasse pragas indecifráveis em sua língua incompreensível, antes de ser enxotada pelo recepcionista que os ajudava a pôr as malas no bagageiro do táxi. "Nada", o pai respondeu, impaciente com a insistência do filho, "já disse que não falo a língua dela!" Foi a deixa para o taxista tomar a palavra, como que de improviso, sem premeditação, tentando mitigar a explosão do pai com o garoto. "Meu tio-avô trabalhou na Comissão Rondon, instalando a linha de telégrafo entre Cuiabá e Santo Antônio do Rio Madeira, lá pelo começo do século, 1910, por aí. Naquela altura, o marechal ainda não era marechal. Devia ter o quê? Quarenta, quarenta e cinco anos? Minha idade. Era tenente-coronel. Meu tio-avô não devia passar dos vinte, veja só. Vinte a menos que eu hoje. Não tinha onde cair morto, hoje é dono de um mundo. Está velho, um dia desses bate as botas, mas pelo menos já pode escolher onde morrer, na sua própria terra. Quase tudo do outro lado do rio é dele. Vai do destino da pessoa. Começou do nada, hoje é um homem poderoso. A tropa precisava de mateiros e ele se ofereceu, porque não tinham o que comer em casa. Quando Rondon deu com aquele rapaz franzino pela frente, perguntou se o Exército agora contratava crianças. O trabalho era duro, desbravando a mata, sem trégua, sem descanso. Aquilo não era trabalho, era castigo. Muitos não sobreviveram. Mas era melhor do que morrer de fome. Tudo o que eu sei foi meu tio-avô que me contou. Bastava alguém na tropa beber mais do que devia ou se engraçar pro lado de alguma índia pra acabar amarrado e chicoteado até cair morto. Que mais um tenente-coronel podia fazer no comando de brutos miseráveis? Como é que ia controlar uma tropa de marmanjos, no meio do mato, sem mulher, cercados de gente selvagem e nua? Tinha que ter convicções. Meu tio-avô me contou de um homem que, depois da morte da primeira mulher, tinha se casado com outra muito mais nova, uma menina.

Amou muito a segunda mulher, muito mais que a primeira, que era da idade dele, até o dia em que não conseguiu mais consumar o ato do amor, não é? Acontece... O sujeito já ia lá pela casa dos cinquenta. E aí ele se embrenhou na selva e se juntou à Comissão Rondon, entre Cuiabá e Santo Antônio do Rio Madeira, como engenheiro mecânico. Não falava com ninguém. Não mais que o necessário. E com meu tio-avô, que era um menino, ainda menos. Uma noite, foi pego no mato, tentando violar uma índia. Tentava consumar o ato que já não lograva com a mulher, a menina. Os homens da tropa o pegaram em flagrante e o levaram até o tenente-coronel, mas em vez de mandar amarrar o sujeito numa árvore, como exemplo, e o espancar até a morte, como fazia com os outros, Rondon ordenou que o prendessem e o mantivessem sob vigia. Ninguém entendeu por que o tenente-coronel, contrariando suas convicções, poupava o engenheiro mecânico. Que foi que viu nele? Coube ao meu tio-avô e a um soldado vigiar o preso. À noite Rondon foi ter com ele. E os dois tiveram uma longa conversa, que se estendeu noite adentro. Conversaram sobre um monte de coisas. E conforme o tempo passava, era visível, Rondon ia simpatizando mais e mais com o preso, como se não fosse acusado de tentar violentar uma índia, veja só. Meu tio-avô ouviu a conversa. No começo, Rondon queria saber de engenharia mecânica, aquele papo furado, porque o homem estava ali como engenheiro mecânico, não é?, e eles falaram de tanques e de outras máquinas de guerra, mas depois Rondon perguntou sobre a família e, quando o prisioneiro falou da mulher que ele amava e que tinha deixado pra trás, a menina, Rondon também falou de sua mulher. Rondon nunca falava da mulher pra ninguém, mas naquela noite ele precisava falar, porque estava com saudade mas também, por uma razão que ninguém sabia, estava com medo de esquecê-la. Pode parecer contraditório, mas nunca é. Rondon tinha intuído naquele homem a humilhação. Alguém deve ter dito alguma coisa e ele queria entender, ouvir do próprio cativo o que tinha a dizer sobre a mulher que ele tinha abandonado, porque de algum jeito sentia que também tinha abandonado a sua. Ouvir aquele homem falar da mulher que ele amava mais do que qualquer coisa no mundo, a menina, e que deixou pra trás mesmo assim, podia lhe trazer algum alívio. Talvez. Depois dos tanques e das mulheres, eles passaram a outros assuntos, falaram sobre política, sobre a república, a ciência e a ignorância. Rondon era muito ligado nessa coisa de ciência. Por isso amarrava e chicoteava, porque não suportava a ignorância, ele confessou ali ao prisioneiro, e meu tio-avô até chegou a achar que ele estava preparando o homem pra morte, justificando a punição exemplar, encantando o coitado antes de anunciar a sentença. Também não suporto ignorância. Não tem nada pior. Acho, como o marechal, que a ignorância devia ser erradicada com a pena de morte. Mas, enquanto isso, eles iam falando de outras coisas, menos do castigo. Demorou pro tenente-coronel entender o que o homem estava dizendo quando falava da mulher que ele tinha abandonado e de tanques de guerra. Estava falando do amor que ele já não podia consumar. Era uma confissão. O cara era brocha. Não era amor, era amor-próprio. Só que o tenente-coronel, no comando da tropa, não estava ali pra entender. Estava ali pra se identificar. O sujeito falando de impotência e estupro e ele ouvindo amor. Então demorou. Foi em algum momento, quando o homem falou em humilhação, mas fora do lugar e do contexto. Que humilhação pode haver quando você está falando de tanques de guerra? E foi nesse momento que o marechal, que naquele tempo ainda era tenente-coronel, entendeu que, desde o início, estiveram falando de outra coisa. E deve ter sido uma revelação pra ele. Uma autorrevelação. Mas também era o que ele tinha ido procurar, não é? Quando quis conversar com aquele homem, o preso, por intuição, por saudade da mulher, já era de humilhação que ele queria falar. Já era a humilhação. Só que ele não sabia ou ainda não podia dizer. Tem um monte de coisa que a gente não sabe quando começa a falar, não é? E só descobre falando, ou ouvindo, como se uma pessoa surda vivesse dentro da gente. Não me tome por extraviado ou mentiroso. Foi meu tio--avô quem me contou. Tudo o que eu sei ouvi dele. Aos poucos, noite adentro, o homem disse ao tenente-coronel que tinha fugido da mulher, e a saudade que sentia, se é que podia chamar aquilo de saudade, era ainda pior por causa da vergonha. Rondon pediu pro meu tio-avô fazer uma fogueira e eles ficaram ali, a noite toda, conversando sobre a vergonha. Não era sobre a saudade. Era sobre a vergonha. Quer dizer, vergonha e saudade juntas. O homem disse que a vergonha era a saudade de quem não consegue estar perto, mesmo querendo; a vergonha envenena a alma e mata. Ele disse que o homem que ele havia sido e que tinha amado a mulher, a menina, estava morto. E que foi um morto que veio se juntar à comissão no meio da selva, entre Cuiabá e Santo Antônio do Rio Madeira. Um morto, veja só. Rondon era implacável com a tropa, mas com um morto ele quis conversar. Não o chicoteou até a morte, amarrado numa árvore. Se já estava morto, não é? Bom, cada um com a sua lógica. Conversou com o homem ao longo da noite, os dois sentados à volta do fogo. Queria saber mais sobre a vergonha e a humilhação e a saudade, porque naquela noite, mais que em todas as outras, Rondon estava com saudade da mulher. Agora, pode parecer que uma coisa não tem nada a ver com a outra, eu mesmo demorei pra entender, enquanto meu tio-avô me contava, não ia interrompê-lo, não ia estragar a história. A verdade é que a conversa com o cativo era uma espécie de punheta (o rapazote aí já está na idade de ouvir essas coisas, não é?), porque naquela noite Rondon estava com mais saudade da mulher e estava com medo de fazer besteira e esquecê--la. Ele se identificava com o preso. Escutava o homem falar da vergonha e da humilhação, sem entender o que o homem estava dizendo de verdade, o que meu tio-avô e o soldado já tinham entendido desde o início, como se fosse a voz da floresta no meio da noite que falasse pelo prisioneiro, fazendo uma confissão. Rondon não entendia o que ele estava confessando, porque naquela noite ele estava louco de saudade da mulher, veja só, e a vergonha e a humilhação que ele ouvia na confissão do preso era outra vergonha e outra humilhação na cabeça dele. Não podia ouvir nem entender mais nada, pela saudade. Quando o homem falava de vergonha e humilhação, Rondon só pensava na vergonha e na humilhação que ele próprio sentia, evitando cometer uma besteira, pensando em se punir e se chicotear no lugar daquele homem, e por isso não entendia do que ele estava realmente falando. E assim eles ficaram até de madrugada, naquela punheta, um sem entender o outro, quer dizer, o comandante sem entender o preso, que não podia ser mais claro na sua confissão. Quando meu tio-avô acordou, o sol nascendo, o homem já não estava lá. Rondon também não. Nem o soldado. Não tinha mais ninguém. Ele ficou desesperado, achou que seria amarrado numa árvore e chicoteado até a morte no lugar do preso, por ter deixado um criminoso escapar. Saiu doido pela mata, mas o prisioneiro já devia estar longe àquela altura. E então voltou pro acampamento, pra se submeter ao castigo que merecia, segundo as regras da tropa. Mas Rondon não deu bola pra ele. Meu tio-avô se apresentou como se fosse ele próprio o criminoso, mas Rondon não entendia do que ele estava falando, assim como não havia entendido o que o homem tinha dito durante a noite sobre a vergonha e a humilhação, porque só pensava na mulher e no medo de esquecê-la e de fazer alguma besteira. Saudade não desaparece com conversa. E por causa da saudade, ele não entendia nada. Tinha se identificado com um homem que lhe adiantou a confissão de um crime. Confundiu a vergonha e a humilhação daquele homem com a saudade, veja só. E deixou um assassino fugir! Sim, porque dias depois receberam a notícia de que tinham encontrado a índia morta. Sim. O engenheiro mecânico saiu dali e foi direto matar a índia que ele não tinha conseguido violar e que era testemunha da sua vergonha. Assim como já tinha matado também a mulher que ele mais amava no mundo, segundo ele, né? A menina. Porque era testemunha da impotência dele. A índia e a mulher dele, uma menina. A índia que vocês viram lá na porta do hotel também é testemunha. O que ela diz é uma acusação que a gente não entende. Porque ninguém quer ser chamado de brocha. Essa é a verdade. Testemunho de índio não é bom negócio. Ninguém quer ser chamado de brocha."

Eles tinham acabado de chegar ao aeroporto. Dava para ver o bimotor estacionado do lado da pista, esperando por eles. O pai pagou a corrida com o dinheiro que tirou da carteira, desceu do carro e abriu a porta de trás para o filho, enquanto o taxista retirava a bagagem do porta-malas. O pai não olhou para ele quando pagou a corrida. Nem agradeceu quando ele lhes desejou boa viagem.

21. Os supositórios

Ele tinha se masturbado na véspera da partida, no meio da noite, no quarto de hotel que dividia com o pai. Deve ter achado que o pai dormia, embora pudesse muito bem ter notado, se não fosse a própria agitação interior, que o ronco ao lado havia cessado de repente. Sua cama ficava a apenas três metros da do pai, na parede oposta, embaixo da janela que o calor obrigava a manter entreaberta mesmo com chuva e o ventilador ligado. A chuva tinha cessado, mas ele achou que o ventilador bastaria para abafar seu gozo mudo. O desejo não lhe permitia ver que seus movimentos o traíam mesmo escondidos debaixo do lençol.

Quando já voavam fazia quase uma hora dentro da nuvem, durante uma breve trégua entre raios e turbulências, o pai lhe disse, de repente, sem explicações, que o cu era feito para cagar. "Nada deve entrar no cu." Era preciso um mecanismo inconsciente de defesa muito desenvolvido para não entender o que o pai lhe dizia, aproveitando-se da tensão do voo cego para fragilizá-lo ainda mais. Usava o medo para se impor ao filho, como se também não estivesse apavorado. O medo dos outros o protegia do seu. Mas o menino, como um simplório, como se não fosse com ele, aproveitando-se da situação para inverter os papéis, reagiu da forma mais inesperada: "O quê, por exemplo?".

O pai repetiu engasgado: "Nada deve entrar no cu".

"Nem os supositórios?"

O pai olhou para o filho, contendo a irritação, sem conseguir discernir entre a inocência e a provocação: "Menos os supositórios".

Ficaram em silêncio por um instante, enquanto o filho refletia, antes de lhe revelar enfim o segredo do livro.

Assim que decolou de São Félix, o bimotor desapareceu dentro da nuvem que se confundia com o céu. Consciente dos riscos de um voo baixo, o pai puxou o manche, levando o avião para o meio do inferno, o centro da tempestade, onde ninguém voava, onde não se enxergava nada, o mais alto que o bimotor não pressurizado podia chegar, bem abaixo dos jatos de carreira com condições de sobrevoar as piores nuvens, mas acima das serras e dos aviões de pequeno porte cujos pilotos imprudentes preferiam arriscar a vida numa colisão a desafiar os humores do vendaval, dos raios e dos trovões. Do interior do avião dentro da nuvem branca, ele guardou o cheiro de plástico e vômito indistintos, o cheiro do fim do mundo.

E do mesmo modo como entraram na nuvem e perderam a visão entre raios e turbulências, desaparecendo para os que os observaram decolar de São Félix, agora saíam da tempestade, como por milagre, assim que começaram a descer, na rota de aproximação do aeroporto de Goiânia. Como se a nuvem devesse existir apenas durante o trajeto entre São Félix e Goiânia e o trajeto fosse um conto de superação sobre a cegueira. Ao ver a cidade na sua frente, brilhando molhada sob a luz do sol, de repente o pai começou a chorar e pediu perdão.

"Que foi, pai?", ele perguntou, constrangido, sem entender. Aquilo não era do seu feitio. Sabia que o pai não estava lhe pedindo perdão.

"Não é nada."

"Diz o que é, pai. Que foi que você fez?"

"Não é nada... A gente tá vivo...", mas antes de poder terminar a frase, o pai tapou a boca com a mão, contendo uma explosão de soluços. Depois enxugou o rosto e não disse mais nada até o avião tocar o solo. Só quando chegaram ao hangar, depois de desligar os motores, é que voltou a chorar, agora como uma criança desamparada, escondendo o rosto caído sobre o manche.

II

22. Os Okano

Depois do suicídio da jovem esposa e de algumas relações acidentais, o pai viveu com uma mulher por quem chegou a confessar ao filho estar apaixonado. Era herdeira do cimento usado nas obras públicas do milagre econômico da ditadura militar, pontes, usinas, barragens. Ele sempre dizia que coisas piores advêm das más. Com a separação da herdeira do cimento, foi obrigado a vender a fazenda que comprara a preço de banana, para pagar a dívida que o amor havia dissimulado. Agora a fazenda valia uma fortuna, seu preço real. Ele dispusera do dinheiro da mulher como se fosse seu e com a separação veio a conta. O amor o arruinou. Desfez-se de tudo. O acúmulo de contrariedades o levou a buscar, sexagenário, uma nova vida fora do Brasil. Saiu do país com a imagem chamuscada. Foi para Miami, comprou um veleiro e passou a viver de renda. Entretanto, como se ainda quisesse testar o destino (e a própria estupidez), casou-se com a cubana que vinha a ser gerente do banco onde ele aplicara o que lhe restava. Não sabia dissociar o amor do dinheiro. Comprava qualquer um que quisesse. Mas também era possível que os anos tivessem invertido os papéis e ele já não conseguisse se dissociar da vítima. Quando o filho o visitou, no terceiro Natal de seu exílio voluntário na Flórida, o casal já estava brigando. A cubana o havia deixado numa ilha das Bahamas depois de uma discussão em alto-mar. Tudo era pretexto para abandonar o barco e tomar o primeiro voo de volta para Miami. Tinha pavor do oceano, algo ligado talvez a sua origem insular, e só a garantia de uma reunião natalina em terra firme, na tranquilidade de uma marina com campo de golfe e restaurante premiado, permitiu que acompanhasse o enteado à ilha onde o marido que ela abandonara os esperava. Àquela altura, o filho era o único que ainda não atinara com a efeméride por trás do encontro natalino. Nada a ver com o nascimento de Cristo. O pai lhe mandara a passagem. Ia completar vinte e um anos, atingindo a maioridade legal. Cursava o terceiro ano de sociologia. Estava entusiasmado com a perspectiva de se tornar antropólogo. Levou para o pai o trabalho de fim de curso que escrevera sobre os Okano. Um programa da universidade permitia aos alunos interessados numa carreira em antropologia visitar aldeias indígenas, acompanhados de antropólogos. Estava orgulhoso do resultado, achava que o texto poderia ser publicado e enfim convenceria o pai de sua aptidão. Pretendia se candidatar ao mestrado no Museu Nacional, com um projeto sobre os Okano. O pai passou os olhos pelo ensaio, disse que o leria mais tarde e então, impassível, levantou a cabeça e comunicou sua decisão, tomada meses antes, segundo ele: dali em diante não daria nem mais um tostão ao filho, nem mesmo o que faltava para que ele terminasse os estudos. "A fonte secou", o pai disse, como se lamentasse, esboçando, sem revelar os dentes, um sorriso sádico talvez, à espera da reação do filho.

A leitura que o pai fez à noite, em sua cabine, enquanto a mulher dormia a seu lado, instilou em sua alma um sentimento difuso e insuportável ao qual ele evitou dar um nome. De manhã, quando o filho ainda dormia, antes de subir ao convés, ele deixou o texto em cima da mesa do compartimento central do barco, que eles chamavam de sala, e só voltou ao assunto, de passagem, no final da visita, quando se despediram no pequeno aeroporto da ilha e o filho já não podia contestá-lo. Aconselhou-o, como pai e amigo, a se ater aos limites de sua capacidade intelectual.

"Entre os Okano, uma curiosa forma de animismo com traços totêmicos reveste a complexidade das relações de parentesco, envolvendo todos os seres vivos. Os Okano acreditam numa lei natural de equilíbrio e compensação: toda vez que um homem mata um animal, outro homem morre em algum lugar do planeta para que seu espírito, ao abandoná-lo, converta-se num indivíduo daquela mesma espécie, compensando o que morreu. Uma morte pela outra. Cada vez que um homem mata um animal, o mundo natural se encarrega de insuflar o espírito de outro homem morto num indivíduo em gestação daquela espécie. Da mesma forma, toda vez que um animal qualquer mata um homem, em algum lugar do planeta o espírito de outro indivíduo daquela mesma espécie dará vida a um novo homem, numa troca espiritual perene entre homens e animais, morrendo e nascendo incessantemente. A morte é a compensação cruzada, entre espécies, de uma morte anterior. O espírito da vítima será sempre a compensação de outra vítima que a precede. O animismo okano é um caso único que se confunde em muitos aspectos com o totemismo. A aventura da vida do indivíduo okano consiste em obter a resposta para o mistério de sua origem: qual animal (seu totem), ao matar um homem, teria permitido que ele viesse ao mundo, por um processo de substituição no qual a morte paralela, compensatória, de outro indivíduo daquela mesma espécie e a consequente transmigração de seu espírito garantiriam o seu nascimento. Inversamente, toda vez que um homem mata um bicho, sabe que ao mesmo tempo tira a vida de outro homem cujo espírito, convertendo-se naquele animal, permitirá o nascimento de um novo indivíduo daquela espécie. É essa a dinâmica do mundo, segundo os Okano, uma dinâmica de reparações espirituais entre espécies distintas. Os espíritos não migram de um indivíduo para outro no interior da mesma espécie, mas entre espécies diferentes que se matam, fazendo-se viver. É possível matar indivíduos da própria espécie, numa guerra, por exemplo. Entretanto, ninguém deverá, sob risco de vida, matar um indivíduo da espécie que lhe deu o espírito. Mais importantes do que pai e mãe biológicos, na cosmogonia dos Okano, são os pais espirituais totêmicos, vítimas dos homens. A resposta para o mistério da origem muitas vezes se revela ainda na juventude, quando o indivíduo okano escapa a uma morte acidental (que se explica por ele ter matado um indivíduo da espécie de seu totem) e, numa espécie de transe, êxtase ou alucinação que também pode ser alcançada por meio de drogas, em rituais de matrimônio ou quando a revelação tiver consequências não apenas individuais mas familiares, coletivas, vê o animal morto na origem do seu nascimento. Nos casamentos, aliás, o pajé pode suspeitar que o noivo tenha como totem um animal que matou um indivíduo da espécie totêmica da noiva, de modo que a união entre os dois, considerada maléfica, é imediatamente anulada. Não é raro que jovens apaixonados fujam da aldeia para viver juntos, desafiando o tabu."

"E quando um homem mata outro?", o pai perguntou, depois de se abraçarem na porta de embarque do aeroporto da ilha, e de lhe dar um tapinha condescendente nas costas. "E se mata vários homens? Como é que fica esse seu equilíbrio de compensações? A conta não fecha."

23. As coisas são piores de perto IV

Ele descobriu o amor um ano e meio depois do Natal nas Bahamas, quando por coincidência o pai também estava de volta ao Brasil, vivendo no Rio. Tinha se mudado para se curar da cubana. Massacrara algumas mulheres depois do suicídio da jovem esposa, sempre a lhes impor sua vontade e seus caprichos antes de dispensá-las, à exceção da herdeira do cimento e da cubana, justamente, que acabou lhe passando a perna quando ele menos esperava. Ainda não tinha levantado do tombo. Decidira voltar para o Brasil, e para o Rio em vez de São Paulo, onde a separação da herdeira do cimento, arruinando de vez sua reputação, tornara a vida impossível. Enfurnou-se num apartamento em São Conrado, onde passava os dias dormindo e as noites bebendo, enquanto o filho descobria o amor à maneira difícil, com um ator que resistia a assumir o namoro, marcava com ele no final da noite, na porta dos teatros depois

das peças, e fugia pelos fundos, mas que passou a persegui-
-lo, inclusive com uma avalanche de ligações anônimas para a casa da mãe, onde ele ainda morava, quando afinal,
depois de quase um ano de manipulação, entendeu que fora preterido.

A velhice do pai os aproximou pela sujeição ao sexo.
O pai decidira passar o fim da vida numa cidade onde não
conhecia ninguém além do filho. Mesmo assim, viam-se
pouco e chegaram a ficar quase um ano sem se falar depois
de uma discussão que envolvia dinheiro. O pai fugia do passado, mas sua vida sexual não se abatia com os anos. Ao
contrário, o fato de não conhecer ninguém, de estar ali in-
cógnito, anônimo e bêbado, só o encorajava. O Rio libera-
va sua atração pelo pior. Afundava cada vez mais na puta-
ria. Não escolheu a cidade pela presença do filho, mas a
presença do filho, ou pelo menos sua proximidade, devia
lhe dar algum conforto, nem que fosse pela suposição de
uma solidariedade tácita no abjeto.

Foi quando sofria a dor e o prazer do primeiro amor
não correspondido — correspondido apenas quando era do
interesse do ator —, e quando já estava fazia meses sem ver
o pai, que ele o reviu numa situação degradante e pagou
um michê para salvá-lo. Bêbado, sem conseguir se manter
em pé sozinho, o pai implorava a uma puta que não o abandonasse, ela era a única pessoa que lhe restava na vida.

"Na nave, um robô tinha sido posto a seu lado, para
apoiá-lo quando acordasse, confrontado, por oposição aos
companheiros de viagem, com o trauma de não lembrar nada, não ter nenhum passado. Todos os outros acordavam

chamando pelos pais e choravam ao descobrir que estavam sozinhos. Ele não. Não chamou por ninguém, não chorou."

A visão inesperada do pai num inferninho onde ele também fora à procura do amor que o humilhava expôs uma afinidade sinistra para além dos laços de sangue e parentesco, que continuou a perturbá-lo anos depois. O ator por quem estava apaixonado vivia com outro homem e, apesar da crise doméstica, não pretendia se separar, ainda menos para ficar com ele. Ele era apenas um joguete à disposição dos caprichos do amante, que decidira comemorar o aniversário com amigos num bar da Prado Júnior, em Copacabana. Não o convidou, claro. Não era a primeira vez que não o convidava. Ele resolveu ir mesmo assim, para se vingar, afinal o inferninho era um lugar público, enquanto a amiga que lhe contou sobre a festa tentava dissuadi-lo. E a primeira pessoa que viu ao entrar não foi o ator, mas o pai, velho, decadente, irreconhecível, bêbado como ele jamais o tinha visto, nem mesmo nos piores momentos na infância, quando o pai chegara a beber uma garrafa de uísque por dia sem apresentar o menor sinal de embriaguez. Estava ao lado de uma puta a quem oferecia dinheiro e que o rejeitava e caçoava dele diante dos demais. A coincidência do encontro naquele lugar que ele não conhecia mas que o pai talvez frequentasse o levou a crer que herdara a fragilidade sentimental com a qual o velho parecia condenado a pagar pelo que fizera, pelo sadismo das relações amorosas passadas, e por alguns anos se debateu com a herança de uma culpa sem fundo, tentando descobrir do que estaria sendo punido nas relações que não davam certo.

Antes que pudessem se dar conta de sua presença ali (e para não humilhar ainda mais o pai, que não o viu nem estava em condições de vê-lo), ele se aproximou de um homem que já o olhava, interessado numa noite bem paga, e, sem mais, tirando as notas da carteira para não perder tempo, disse que precisava de um favor. Pediu que carregasse o velho dali e o pusesse num táxi. Junto com o dinheiro, entregou um pedaço de papel onde escreveu o endereço do pai.

24. Os quartos de hotel

Quando passou por Nova York, na infância, durante o périplo americano com o pai, hospedaram-se num hotel sinistro, que ainda por cima custava os olhos da cara. O quarto era vetusto, com janelas altas e estreitas, por onde se entrevia o parque emoldurado pelas cortinas pesadas de veludo verde-escuro. A TV embutida num móvel de madeira envernizada ocupava um lugar acanhado entre a parede de um verde esmaecido e o pé da cama alta que eles dividiam, de modo que eram obrigados a se debruçar na borda do colchão mole, os pés virados para os travesseiros, se quisessem assistir a alguma das opções que àquela hora, quando chegaram, vindos do Oregon, se resumiam à entrevista de um biólogo, um thriller e o jornal da noite. Pai e filho de pijama e de bruços, a cabeça apoiada sobre os cotovelos, no pé da cama, assistindo a um filme de suspense, era a imagem mais verdadeira mas não menos ambígua do companheirismo que os unia naquela viagem. Na manhã seguinte, quando ele acordou, o pai já não estava no quarto, havia uma bandeja com o café da manhã em cima da mesa redonda perto das janelas e a porta estava trancada por fora.

A diferença entre a escapada do pai em Nova York e seu desaparecimento alguns anos depois, na fazenda, era da ordem da urgência sexual, o que a justificava retrospectivamente aos olhos do filho adulto descobrindo as trapaças do desejo. Nos Estados Unidos o pai havia encontrado uma mulher em cada cidade. Talvez em Nova York sua amante também fosse casada e só pudesse vê-lo durante o dia, o que explicava a escapada matinal. Na fazenda, em contrapartida, até onde ele soubesse não havia nenhum encontro amoroso, nada justificava o desaparecimento repentino do pai, em tudo inexplicável. Era até possível que ele tivesse uma amante perdida no interior do Brasil, uma índia talvez, mas seria um romance sem pé nem cabeça, que não correspondia minimamente ao seu comportamento e aos seus preconceitos. Pelo que conhecia do pai (e por mais que o pai o tivesse iludido com a miragem de uns dias de férias, juntos, na fazenda), a fazenda era um lugar de trabalho, uma circunstância e uma oportunidade inóspita, de onde ele procurava escapar, enquanto nos Estados Unidos os negócios conviviam alegremente com o prazer. Nessa distinção inocente e cega ele apenas reproduzia, sem querer, o racismo de uma vida inteira.

O pai voltou ao quarto de hotel nova-iorquino depois do almoço. Encontrou o filho no chão, brincando com os carrinhos que ele tinha comprado no aeroporto na véspera, já com a ideia de abandoná-lo no dia seguinte. A imagem do menino no chão, fazendo com a boca os barulhos dos diferentes motores, sob a claque da TV ligada ao fundo, enterneceu-o a ponto de fazê-lo se ajoelhar para também brincar com ele e de repente abraçá-lo forte, como se nunca mais fosse revê-lo, como se tivesse sido acometido pela consciência súbita da perda, que um dia, necessariamente, já não se tocariam, já não compartilhariam o mesmo tempo e o mesmo mundo, ou talvez em agradecimento pela manhã, ou porque a manhã não correspondera às suas expectativas e ele estivesse arrependido e culpado. Nada disso entretanto aconteceu quando ele voltou de mau humor para a fazenda, antes de decidir sair dali o mais rápido possível.

Os quartos de hotel passaram a ser um hábito nos anos seguintes, mesmo quando não viajavam, depois de o pai escapar aos tiros da jovem madrasta, enquanto seguiam com o processo de separação, antes do suicídio dela. E depois, até encontrar a herdeira do cimento. Nesses quartos ele recebia o filho nas férias, como se estivesse em sua casa, e se martirizava por não poder lhe oferecer férias melhores, pelo menos por um tempo, até refazer sua vida, o que significava até encontrar uma nova mulher. Desses quartos de hotel no centro de São Paulo, enquanto o pai trabalhava no escritório, ele guardou a lembrança de fins de tarde solitários e espetaculares, as paredes manchadas pela luz alaranjada e fulgurante do pôr do sol, o trânsito carregado lá embaixo e o tumulto de buzinas, ao abrir a janela, na hora do rush.

25. A índia anã

Ele perdeu a virgindade aos treze anos, dois anos depois da primeira incursão na selva. Uma vez por mês, o motorista de um coleguinha de escola levava o filho do patrão à rua Alice, em Laranjeiras. Costumavam ir três ou quatro meninos. Naquela noite, ele era o menor e o único virgem dos quatro. Iam transbordando expectativa e excitação, mas calavam ao se aproximar do casarão cor-de-rosa, que se impunha como a masmorra de um castelo, com grades nas janelas, depois de uma curva apertada na subida da ladeira. Era um caminho cheio de contradições, que ele voltou a fazer algumas vezes e que renovou a combinação entre medo e prazer, sua velha conhecida. Foi lá que ele perdeu a virgindade para uma índia anã, porque não pode lembrar — assim como não pôde ou não quis entender na hora — que ela fosse uma menina, um pouco mais velha que ele.

Uma escadinha levava do pátio interno a um salão escuro, onde o motorista os esperava, conversando com as putas no bar, enquanto eles se divertiam. Era preciso escolhê-las, mas, no caso dele, foi ela que se adiantou. Os outros meninos já tinham se arranjado. Faltava ele, calado num canto, entre as mesas onde os casais bebiam e conversavam, quando ela se aproximou e perguntou se ele queria ir com ela. Era menor que ele, com o cabelo retinto, escorrido até a cintura. Ele mal distinguia suas feições no escuro. Gaguejou que sim. Ela o tomou pela mão e o conduziu até uma saleta estreita e ainda mais escura que a sala anterior, onde os casais esperavam um quarto vagar, sentados na sombra, em bancos encostados na parede. Foi ali, entre o sussurro dos casais, que ele lhe confidenciou que era a primeira vez, talvez alto demais, talvez porque estivesse nervoso ou ela não tivesse entendido da primeira vez ou as duas coisas, e todos riram, menos ela. Sorriu, disse que não tinha importância e apertou a mão dele.

Do que ele se lembra, não se beijaram, nem se falaram mais. Quando chegou a vez deles, ela o conduziu pelo pátio interno, passando pelos homens que mijavam no muro, depois do sexo, até um quarto que ficava nos fundos, numa espécie de edícula. E foi lá, sob a luz clara demais, fria demais, de um quarto grande demais, que ele a viu pela primeira vez inteira, a índia anã, e gozou no seu corpo pequeno e escuro de menina.

Do que ele se lembra, ela o ajudou a gozar, como se também fosse a primeira vez dela. Depois, seguindo o conselho dos amigos para afastar as consequências indesejáveis do sexo desprotegido, ele mijou na parede onde os clientes mijavam ao sair. E foi na parede fedida, convertida em mictório, que ele ouviu o gracejo de um deles, mijando a seu lado. O homem tinha ouvido o que ele dissera à índia anã na saleta de espera e lhe desejava boa sorte na vida e no sexo.

Ele voltou na semana seguinte, sozinho, de ônibus, sem dizer nada aos amigos, mas ela já não estava lá.

26. O melhor filme do mundo

Fazia uma semana que ele não parava de falar do melhor filme do mundo, o mais incrível, o mais fabuloso de todos, e foi com essa expectativa que os outros três, que já o haviam acompanhado na noite em que perdeu a virgindade, também o acompanharam, saindo da escola, a uma sessão vespertina num cinema na praia do Flamengo que acabaria convertido em igreja anos depois de eles se perderem de vista. Era a segunda vez que ele assistia ao filme russo em menos de duas semanas e o reconhecimento das cenas que mais o marcaram da primeira vez o impediu de se dar conta da indiferença dos amigos durante a projeção à qual ele os havia arrastado. Quando as luzes se acenderam, ele quis saber o que tinham achado, como se resistisse a reconhecer o óbvio em suas expressões, o silêncio constrangido, e foi quando lhe confessaram a decepção, pisando em ovos para não o magoar. O filme de sua vida nada dizia aos seus melhores amigos. Era um filme que ele tinha visto só e compreendido só, por algum tipo de interação pessoal, íntima e não compartilhável, análoga à comunicação que o planeta no filme, como um ser vivo, tentava estabelecer com os tripulantes da estação espacial em sua órbita, individualmente. Só ele tinha ouvido aquela voz que o chamava, mas não aos outros, lançando mão de memórias afetivas que ele reconhecia e compartilhava embora não fossem suas, como o planeta.

O filme russo tinha uma longa sequência muda na qual o pai e o filho pequeno avançavam num carro por túneis e viadutos, no Japão. Antes de ele nascer, o pai foi a Tóquio a negócios, com o objetivo de comprar a patente de algo que não existisse no Brasil. Comprou o direito exclusivo ao uso de um luminoso que formava palavras e frases por meio de luzes que piscavam numa frequência frenética (ainda mais para quem as observasse de perto) e programada. A proximidade do imenso luminoso permitia ver o frenesi das luzes acendendo e apagando, mas não as frases. Permitia ver o ímpeto da máquina, mas não compreender o sentido. Na casa do condomínio em São Paulo, numa despensa ao lado da garagem, o pai guardava montes de lâmpadas queimadas. Não sabia o que fazer com elas. Eram bolas grandes demais para caber na mão do menino na primeira vez que visitou o pai em São Paulo. Ali estavam mortas de tanto terem piscado para formar um sentido que só se compreendia de longe. De perto, enquanto piscavam, as lâmpadas eram só o desespero da sua expressão incompreensível.

Numa de suas visitas ao Rio, o pai o levou para visitar o luminoso ao pé do Pão de Açúcar, o maior cartão-postal do país. Foi no início da noite, depois de saírem para jantar cedo, quando o sol se punha e o espetáculo das luzes se iniciava.

"Que é que elas estão escrevendo?", o filho perguntou ao pai, maravilhado.

No Japão, o pai fora diagnosticado com sífilis e submetido a tratamento num hospital de Tóquio, onde recebeu uma série de injeções e o sermão do médico que insistiu em levá-lo a sua igreja no fim de semana, antes de ele voltar para o Brasil. O templo ficava numa cidadezinha a duas horas da capital. Ele e o médico foram recebidos na estação por um grupo de homens, todos vestidos com ternos cinza. O ambiente lembrava o de uma loja maçônica, ou de uma sociedade secreta, mais do que uma igreja. Precisavam de um representante no Brasil. O pai sorriu e aquiesceu diante de todas as propostas, como havia aprendido no trato com os japoneses, sem no fundo se comprometer com nada.

Contava a história sem falar da sífilis (que o filho descobriu muito depois, adulto, conversando com a irmã). Fazia chacota dos japoneses, repetia sua divisa: "Como é que não perceberam antes que quando entro nas igrejas os santos saem correndo?", e ria. A sífilis teria podido explicar muito das reações dele, mas a explicação não se justificava. Fora tratado em Tóquio antes de ele nascer, antes de conhecer sua mãe, segundo a meia-irmã — ou era ele que tentava se convencer disso? O pai voltou pelo menos uma vez ao Japão depois de se separar de sua mãe, quando lhe enviou um cartão-postal com a torre de Tóquio, dizendo que pensava nele o tempo todo e que tinha ido ao Japão para assegurar seu futuro, sem dar maiores explicações. Era um homem emotivo, embora também pudesse ser sádico, o que não resultava propriamente em contradição. Uma coisa não excluía a outra e era possível que até se completassem. No cartão-postal, dizia que o amava como se ele fosse a "continuação" do seu próprio corpo, ou talvez tivesse escrito "substituição".

Vista do alto, em *plongée*, a foto tirada provavelmente de um helicóptero, a torre vermelha parecia uma miniatura. As miniaturas eram uma constante dos presentes do pai. Desde um trenzinho elétrico que ele ganhou quando o visitou pela primeira vez em São Paulo, até um autorama, um Forte Apache e uma fazenda do Meio-Oeste americano, com celeiro, silos e cercas caiadas, passando pelas coleções dos indefectíveis carrinhos Corgi Toys e Matchbox. Tudo era mínimo. Ou antes transposto para uma escala manipulável, permitindo uma visão de conjunto e controle, o mundo em suas mãos.

Depois do ataque de malária em pleno voo, ao se aproximar de Barra do Almas, o bimotor despencando em voo rasante sobre a aldeia indígena dava à miniatura um sentido apaziguador mesmo para ele que, agarrado ao assento, o frio subindo pelas pernas até a boca do estômago, testemunhava o pavor daquela gente vista do alto, em *plongée*, tão inumana e insignificante como insetos que corressem de um lado para outro, fugindo de um imenso pé. Controle e morte andavam de mãos dadas. A coragem é o medo imposto aos outros. O mundo em suas mãos é uma potência de morte.

III

27. Os ossos do pai

Todos os anos no aniversário do pai, se calhasse de estar no Brasil, ele voltava ao cemitério, levando um vaso ou um ramo de flores que deixava sobre a lápide do jazigo da família. Sete homens estavam enterrados ali: o avô, seus dois irmãos, três primos do pai e o pai. Que teria sido feito das mulheres? Naquele dia, ao contornar a sepultura, ele notou pela primeira vez, na parte de trás, a portinhola de ferro arrombada, e ao perscrutar o interior, uma desordem de caixas de ferro e duas prateleiras vazias. O túmulo tinha sido violado. Era possível que tivesse se tornado casa de alguém. Ficou paralisado por um instante, achou que fosse desmaiar. Ainda estava apegado aos ossos. Quem lhe garantia que entre os ossos que restavam (se é que restava algum) encontraria os do pai? A profanação do túmulo roubava a possibilidade do ritual, fechava seu canal de comunicação com o mundo dos mortos. Era como se tivessem aterrado a cratera de um vulcão extinto que ele insistia em visitar como turista uma vez por ano. Não podia exigir nada de ninguém, mal conhecia os primos que tomavam conta do jazigo. Não se lembrava de tê-los encontrado uma vez sequer, não sabia seus nomes. Apesar das visitas anuais ao cemitério, nunca cuidou de nada, não gastou um centavo na manutenção do túmulo, nunca lhe ocorreu que devia haver um responsável, alguém que arcasse com as despesas. A administração era uma casinha ocre entre os mausoléus, com uma porta acanhada no alto de uma escada íngreme e desproporcional para a construção diminuta, à imagem dos sepulcros ao redor, decorados com estátuas de anjos grandes demais, grandiloquentes demais, que se agarravam ao mármore do jeito que dava, dramáticos, inconsoláveis e canhestros. Um velho bexiguento o recebeu no balcão de madeira e buscou o livro de registros na estante.

"Quem é o responsável?", ele perguntou, isentando-se por antecedência de qualquer responsabilidade e de uma dívida eventual, acumulada ao longo dos anos.

"É possível que tenha morrido. Isso acontece", o funcionário respondeu, abrindo o livro.

"Estou disposto a acertar tudo, pôr o pagamento em dia, mas o túmulo foi profanado."

O funcionário fez um muxoxo.

"Vi que outros também foram", ele insistiu.

"As pessoas não têm onde dormir."

"O que me garante que os ossos do meu pai ainda estejam lá?"

"Pode abrir uma investigação, mandar exumar os que ficaram."

"E quanto é que a gente deve?"

"Nada."

"Como, nada?"

"O descanso das almas é grátis. Serviço público. Por enquanto, pelo menos."

"Mas alguém tem que cuidar do túmulo."

"A família acerta diretamente com o jardineiro."

"O túmulo foi violado. Quem é o responsável?"

"A família é responsável. A família se entende com o jardineiro. É uma relação particular, entre vocês. Não temos nada com isso."

"Deve haver aí o telefone de algum contato."

"Hmm. Deixa eu ver. Aqui, ó."

"Não sei quem é."

"Se o senhor não sabe, imagine eu. Dá uma ligada e vê. De repente é o advogado da família."

Os ossos do pai não estavam lá. Foram levados, dispersados, vendidos. Ele nunca saberia. Foi o que lhe disseram um mês depois, quando fizeram a exumação. Os restos mortais do pai espalhados pelo mundo, perdidos, no melhor dos casos ilustrando uma aula na faculdade de medicina, e ele uma vez por ano a homenagear o vazio com um vaso de flores. O que em outras circunstâncias poderia ter tido um efeito libertador o deixou num estado de prostração absoluta. Não estivera presente no enterro. Enfim sentia a perda e a culpa adiadas por trinta anos.

Três meses antes da morte do pai, ele voltou ao Brasil para arrancá-lo da casa onde a última mulher, por assim dizer, mantinha-o incomunicável, isolado dos filhos, em estado terminal, enquanto tentava se apossar dos bens que lhe restavam. Foi uma ação violenta, que talvez tivesse contribuído para a morte dela seis meses depois, vítima de uma leucemia aguda e fulminante. Com os anos, conforme também envelhecia, ele passou a pensar mais e mais na violência daquela separação imposta ao pai no fim da vida. A visita anual ao túmulo talvez fosse um pedido inconsolável de desculpas, que não terminava nunca. O sumiço dos ossos o confrontava com o ridículo e o absurdo da situação. O pai morreu no hospital, três meses depois de ter sido tirado à força de casa pelo filho, acompanhado de dois enfermeiros e de um oficial de justiça. Voltara ao Brasil para cumprir o mandado judicial impetrado por ele e pela irmã e internar o pai num hospital. Embarcou para casa uma semana depois, retomando o trabalho a quatro fusos horários dali, e não voltou para o enterro. Foi avisado quando já não dava para chegar a tempo. Trinta anos depois continuava tentando se convencer disso.

O primo em segundo grau o recebeu em seu escritório. Era a primeira vez que se viam. Era um homem aparentemente mais velho e mais acabado que ele, embora também fosse possível que regulassem na idade. Mancava de uma perna, por causa do quadril que precisava ser operado, ele disse, depois de lhe indicar uma poltrona e se sentar atrás da mesa de madeira maciça com tampo de vidro.

"Fico postergando a cirurgia. Algo me diz que não saio vivo."

Ele não entendia por que o primo deixara de pagar os serviços do jardineiro no cemitério, mas também não se sentia à vontade para perguntar — quem era ele para cobrar o que quer que fosse se não havia aparecido nem mesmo no enterro do pai?

"Que bom que você viu essa história do túmulo. Meu Deus do céu! Como é que a gente deixou isso passar? Você sabe, é tanta coisa, o Silvino era quem cuidava disso — Silvino era nosso contador —, nem atinei no túmulo quando ele morreu. Podia pelo menos ter lembrado por associação."

"É estranho um mausoléu só de homens."

"Verdade."

Os dois ficaram um instante se olhando, até o primo cortar o silêncio:

"Separei umas fotos pra você. Dona Helena!"

"Sim, doutor Alberto", a secretária apareceu na porta.

"Traga, por favor, aquele envelope."

"Com as fotos?"

"Sim, esse."

Ela se retirou e voltou segundos depois com um envelope gordo de onde o primo tirou um maço de fotografias antigas em preto e branco.

"Separei aquelas nas quais seu pai aparece." Eram fotos dos anos 1920, na casa dos bisavós, no Carnaval, em Santos, na fazenda. "Ele ainda era um menino aí", o primo interveio sobre uma foto que parecia ter chamado a atenção do visitante, logo entre as primeiras, e que ele segurava como se não a compreendesse.

"São só meninas."

O primo riu. "Naquele tempo, tinham mania de vestir os filhos assim. Este aqui é o seu pai."

O pai era o mais emburrado entre as crianças. Usava franja, com um laço de fita enorme e desengonçado, como uma libélula gigante pousada no cabelo, um vestidinho de mangas curtas bufantes, meias três-quartos e sapatinhos de menina, com fivela e bico redondo. Tinha um ar de Alice no País das Maravilhas a contragosto. Estava em pé, à direita, ligeiramente afastado do grupo de crianças que se reuniam em volta de um calhambeque sem capota. O motorista no canto oposto, de uniforme escuro, com a mão sobre o motor, era o único homem vestido de homem. O pai do primo, também em trajes de menina, estava sentado no chão, com a saia rodada, muito à vontade, sorrindo entre as primas.

"Era muito comum", o primo repetiu, tentando quebrar a perplexidade do interlocutor. "Até quando você fica?"

"Em São Paulo?"

"No Brasil."

"Até amanhã."

"Que sorte que a gente conseguiu se encontrar. Da próxima vez faço questão de te convidar pra passar uns dias com a gente na fazenda."

Ele revelou ao pai o final da história, quando ainda estavam dentro da tempestade. Contou sobre a resistência que o menino sem memória, por não ter memória, organizou contra os passageiros da segunda nave. Uma guerra de sobrevivência. Ele era o único a não se lembrar de ter tido uma família, pais, irmãos, tios e primos, o único a não reconhecê-los naqueles que vieram para matá-los, e foi o que lhe permitiu organizar a resistência e a guerra contra os colonos da segunda nave, imune que estava ao afeto ao qual sucumbiam seus companheiros de viagem, os jovens pioneiros. Foram mandados ao planeta como cobaias das famílias que financiaram o projeto, que não eram seus pais nem irmãos, nem queriam ser. As duas naves viajaram juntas pelo universo. A primeira para testar a sobrevivência de seus passageiros, enquanto a outra os monitorava da órbita do planeta, aguardando o sinal verde para pousar. Os passageiros da nave pioneira tinham sido programados para não reagir à chegada dos descobridores da segunda nave, ou melhor, tinham sido programados para reconhecer e amar, como se fossem seus parentes, os substitutos que viriam escravizá-los. E os receberam encantados, chorando de alegria. Só ele, que não se lembrava do pai, da mãe ou dos irmãos, foi poupado da experiência que o dinheiro dos substitutos havia financiado. Mas se foi poupado, era porque alguém assim decidira. Alguém que o amava e que o protegera de verdade. Alguém que fez dele um líder e um herói. Era o que dizia o último parágrafo, que ele não leu para o pai: que de todos os meninos e meninas que chegaram ao planeta sem nunca pôr em dúvida o motivo daquela missão, ele era o único que podia ter certeza de ter sido amado como os filhos devem ser pelos pais.

* * *

Um mês depois, na mesma semana em que ele recebeu, já em casa, a confirmação de que os ossos do pai haviam desaparecido, o namorado lhe anunciou no café da manhã que, depois de muito refletir e confabular com os amigos, decidira denunciar o diretor de teatro que o revelara na adolescência. Ia dar queixa à polícia contra o homem que o havia descoberto e escalado pela primeira vez para um papel no palco. Ia acusá-lo de assédio moral e sexual.

"Mas ele não te forçou a nada."

"Depende do que você entende por forçar."

"Não te violentou."

"Claro que violentou."

"Não te estuprou."

"É o ponto de vista de um homem da sua geração. É espantoso que a gente ainda esteja discutindo isso depois de tudo o que eu te contei. É a minha vida, não a sua."

"Por isso mesmo."

Trinta anos depois da morte do pai, ele tentava dizer ao namorado quase trinta anos mais moço que o mal irremediável do arrependimento não compensava o prazer passageiro da vingança. Mesmo se este viesse, o que não era certo, seria fugaz e impostor.

"O arrependimento são os ossos", ele disse como se lançasse uma charada. "Os ossos são o que resta. Os ossos são os monumentos."

"Que merda é essa? De que é que você está falando?", o namorado retrucou, irritado, tomado de uma mágoa e de um ódio que já não o deixavam raciocinar nem ouvir o que ele dizia. Estava decidido. Tinha nascido quatro anos depois da morte do pai desse homem por quem ele pretendia ter se apaixonado (como também a seu tempo se apaixonara pelo diretor de teatro) e que agora tentava dissuadi-lo da vingança à qual sua vida se reduzira desde que um colega tomara a iniciativa contra o diretor de teatro.

"Se o Eusébio não tivesse prestado queixa...", ele disse e mal iniciou a frase já não sabia como remediá-la.

"O que tem o Eusébio? A vida é minha", o namorado o interrompeu, furioso, antes de pegar suas coisas e sair.

"Não esquece que a gente tem um show hoje à noite", ele gritou da porta, mas o namorado já tinha descido as escadas e desaparecido.

"Ava não desceu ao planeta. E quando a nave os abandonou, desaparecendo para sempre no azul profundo do espaço, Ava desapareceu com ela. Foram dormir uma noite com a nave flutuando na órbita de seus dias e noites, onde sempre tinha estado desde que chegaram ao planeta, como uma lua a observá-los e protegê-los, a esperar que se adaptassem, e quando acordaram com o sol nascente ela já não estava lá. Partira de madrugada, enquanto dormiam. O desaparecimento repentino e inesperado provocou uma comoção. Tinham sido abandonados. No lugar da autonomia, a ausência lhes devorava a alma. Eram só desamparo. Sem que percebessem, se enfraqueciam, perdiam a vontade e a razão de ser. Até acordarem semanas depois com a presença de outra nave no lugar da que havia partido. A nave substituta os desnorteou ainda mais, ocupando o vazio sem compensar o que perderam. A experiência da perda seguida pela substituição, em vez de os fortalecer, despertando-lhes a desconfiança e o medo, servia apenas para paralisá-los ainda mais quando olhavam, entre assombrados e esperançosos, para o que teriam reconhecido imediatamente como ameaça se não tivessem perdido nada. A presença silenciosa da segunda nave na órbita do planeta prolongou a ansiedade dos pioneiros que já não tinham a quem recorrer para perguntar o que estava acontecendo. Já não tinham mestres nem guias. E não haviam sido educados para se protegerem sozinhos.

"No seu silêncio expressivo, nas reticências que serviam de resposta, Ava tinha sido a primeira a despertá-lo para a possibilidade de haver, na falta de explicações aparentes, uma razão para ele estar ali. Uma razão secreta, especial. Pouco a pouco ele foi se acomodando ao silêncio daquela possibilidade, deixando de perguntar aos outros sobre suas falhas, sua falta de memória, pouco a pouco associando a memória a uma armadilha. Continuava sem resposta, mas ao menos entendera que não havia sentido em perguntar. Nunca saberia se Ava estava a par de tudo e, nesse caso, o quanto estava empenhada no seu sucesso. Nunca saberia o grau desse envolvimento, se ela estava na origem de tudo, se alguém a pusera ali para lhe revelar o segredo quando enfim chegasse o momento. Quando ela desapareceu com a nave, de repente, e como nada havia sido revelado desde que pisaram no planeta, ele entrou em parafuso. Todas as expectativas de uma revelação viraram pó. Mas a desilusão, ao contrário da paralisia e do desamparo que aquela ausência inexplicada provocava nos outros, inspirou-lhe uma revolta inédita, uma desconfiança ainda maior de tudo. Sem que tivesse consciência, quando a segunda nave enfim despontou no lugar da primeira, ele já a esperava."

Ele poderia ter contado a história do planeta ao namorado, e é provável (ou pelo menos era o que ele achava) que a fábula o fizesse compreender o que ele não conseguia lhe explicar. O final da história, a guerra contra os colonos da segunda nave, significava que de todos os meninos na nave pioneira, a nave de cobaias, apenas ele, o herói, tivera um pai ou uma mãe ou irmãos de verdade, que puderam interceder e o salvaram, que o amaram. Era essa a grande revelação daquele conto moral que se apresentava na superfície como um texto de revolta contra a família, contra os pais, uma revolta geracional, mas só para quem não chegasse até o fim, quando ele entendia que fora salvo e amado de verdade, por alguém que talvez nem o tivesse conhecido, e iniciava a guerra contra uma impostura.

Durante uma breve passagem como professor convidado por uma cidadezinha universitária do Meio-Oeste, trinta anos depois do périplo com o pai pelos Estados Unidos, ele achou num sebo, escondida entre distopias e livros de ficção científica, uma biografia do autor de *Os substitutos*. Era um volume incomum para uma biografia, fininho, e que ele encontrou por sorte, já que mal dava para ler a lombada. Uma vida insignificante talvez, muito pouco para contar. No caixa, o vendedor fez uma careta enquanto manuseava o volume, mais por espanto do que por desprezo — era a primeira vez que o via.

"Onde foi que você achou isso?"

Ele apontou para a estante num canto, no fundo da livraria, e indicou a prateleira rente ao chão.

O vendedor caminhou até lá, o livro na mão, decidido a tirar a prova dos nove. Voltou contrariado: "Não estava lá ontem".

"Não?"

"Não. Tenho certeza. Vendi um livro de ficção científica da mesma prateleira, não estava lá."

O vendedor evitava fitá-lo, talvez por suspeitar que ele pudesse ter alguma parte no mistério.

"Você acha que alguém pôs ele lá?"

"Não está no catálogo", ele disse, consultando o computador. "Esse título não consta do nosso estoque."

"Talvez a pessoa que veio ontem e comprou o livro de ficção científica… Talvez não o quisesse mais."

"Improvável. Deve ter sido outra pessoa. Mas não terá sido a primeira vez", o vendedor respondeu, seco, ao mesmo tempo que abria espaço para a fantasia romanesca do cliente. Parecia um tipo direto e pragmático, embora vivesse entre romances especulativos. Uma combinação menos rara do que se imagina.

"Não?"

"Entram com um livro que já não querem mas do qual não conseguem se desvencilhar, como de um filho, e saem com o que procuravam. Devem achar que a troca atenua o roubo e a culpa", o vendedor o encarou e estendeu o livro. "Não vou cobrar por um título que nós não temos."

A ideia de que alguém tivesse deixado aquele livro no sebo de uma cidade universitária do interior dos Estados Unidos, talvez na véspera, justamente quando ele estaria ali ministrando um seminário, e assim houvesse permitido que o encontrasse, ele ou algum outro fã daquele escritor obscuro, autor de um único romance cujo exemplar surrado ele guardava da infância, deixou-o na mais completa excitação e ao mesmo tempo esgotado só de pensar em tudo o que se encontra e se perde pela ação insignificante da sorte. Estava hospedado num alojamento para professores visitantes e foi ali, no quarto que mais parecia uma cela, apesar da vista magnífica sobre o rio, que ele descobriu a história daquele autor reservado, cuja vida sem maior interesse foi a tal ponto resguardada do público que ele chegou a pensar, quando ainda era um jovem admirador, tanto mais insaciável pela falta de obras e informações biográficas, que o escritor usasse um pseudônimo. A biografia era assinada por uma mulher que dizia tê-lo conhecido no final da vida por razões profissionais que ela não mencionava, mas tudo indicava que ela fosse uma enfermeira ou cuidadora. Dentre todas as informações mais ou menos insignificantes (o escritor havia trabalhado a vida inteira num banco e se casado uma única vez; não teve filhos dos quais se desvencilhar, viveu cercado de sobrinhos e morreu cinco anos depois da mulher, recolhido a uma casa de repouso, quando já não reconhecia ninguém), a que imediatamente lhe saltou aos olhos foi que tinha escrito aquele único livro para o pai que ele não conhecera.

Havia trechos de um suposto diário ao qual a biógrafa teria tido acesso privilegiado. Levavam a pensar numa possível inspiração autobiográfica para *Os substitutos*, como nesta entrada levemente zombeteira sobre um concurso prestado na juventude para um "projeto" do qual nada mais se sabia além de poder ter consistido num trabalho de longo prazo, em equipe: "Não sou bonito nem inteligente. Só não fui reprovado em física e matemática porque caíram as boas questões, as poucas que eu sabia responder, sou um cara de sorte, que é também a única explicação para eu ter sido selecionado para este Projeto. Projeto não é o nome do Projeto, é lógico. O nome do Projeto é secreto. Fui levado a assinar um documento dizendo que nunca ia dizer o verdadeiro nome do Projeto. Não sei por quê, já que todos assinamos o mesmo papel e todos sabemos o nome. Também não sei por que os outros foram selecionados. Contra todas as evidências, dizem que há entre eles gênios da física e da matemática, mas como não entendo nada nem de uma nem de outra, não dá pra saber se é verdade. Não sei se são gênios; parecem decentes. Estamos todos no mesmo barco. Vamos passar uma vida juntos, praticamente. Melhor me acostumar. Ao que parece (e ao contrário deles), não estou aqui pelo que fui ou sou, mas pelo que vou ser".

28. O orgulho da vergonha

Eles se encontraram num aplicativo, transaram uma ou duas vezes, sem compromisso nem expectativas, e só voltaram a se ver um ano depois, por acaso, na rua. Estavam juntos desde então. Havia entre eles um entendimento que a diferença de idade facilitava. Raramente brigavam. Naquele caso, porém, o problema havia sido justamente a diferença de experiências que, embora complementares, levando o namorado a projetar na maturidade um porto seguro, e ele na juventude uma força vital, carregava um potencial explosivo em relação à paternidade. Não só tinham ou tiveram relações muito diferentes com os respectivos pais, mas a própria relação entre eles era um fator de confusão. O namorado, criado nos subúrbios de uma cidade industrial europeia, numa família disfuncional de classe média--baixa, pai alcoólatra desempregado e mãe dona de casa deprimida, tinha sido acolhido na adolescência pelo grupo de um diretor de teatro que o formou como ator ao mesmo tempo que o manipulava emocionalmente, como também aos outros atores da companhia. Um deles, Eusébio, tinha tomado a dianteira e vindo a público recentemente para denunciar o diretor por abusos morais e sexuais, e foi esse ato, de coragem para alguns, condenado como oportunismo por outros (o namorado, entre eles, num primeiro momento pelo menos), que a seguir o desestabilizou completamente (e à relação entre eles dois, com aquela diferença de idade de trinta anos, ainda por cima). A iniciativa do colega, Eusébio, mesmo quando vista como oportunismo, revelava a covardia do namorado, segundo ele próprio. Por que não havia denunciado o diretor antes, primeiro? A denúncia prestada pelo colega às autoridades o condenava à covardia, por inércia. Mesmo se agora denunciasse o diretor, seria na esteira da ação de um colega que ele acusara de oportunismo no primeiro momento, por defesa provavelmente, ou inveja, inveja até na denúncia do diretor de teatro. Aquilo o dilacerou nas semanas que antecederam sua decisão de somar novas revelações à iniciativa do outro.

Dizem que em sua origem medieval a aventura é o relato de um mundo que nasce com a palavra que também o modifica. Não há antes, só depois. O relato modifica o mundo ao mesmo tempo que o cria, como se o mundo não existisse antes, como se não houvesse memória, só invenção. O paradoxo é demasiado evidente para ser descartado como erro.

Ele se lembra de quando, mais de um mês antes de se decidir, o rapaz irrompera em seu escritório, transtornado, com o jornal vespertino nas mãos. Não tinha dormido em casa. Não se falavam desde a véspera. O diretor de teatro tinha sido denunciado por assédio, por um ator que já não precisava dele, e que o namorado acusava de oportunismo, porque despontava como jovem revelação num filme recém-lançado com retumbante sucesso de crítica e público. O transtorno, mas isso ele demorou um pouco a entender entre as frases contraditórias do namorado, tinha menos a ver com o fato em si do que com o sentimento de ter sido passado para trás, de não ter sido ele a fazer a denúncia. Era a denúncia de um colega bem-sucedido, que ninguém podia acusar de inveja ou de ressentimento pelo fracasso.

"Você conhece esse cara?", ele perguntou ao namorado, perturbado com o que aquela emoção revelava.

"Quem?"

"O ator que fez a denúncia."

O rapaz olhou perplexo para ele: "Nós dividimos o palco! Ele anunciou isso ontem à noite, do meu lado, em cena, diante da plateia!".

No início da relação a oscilação de humores tinha contribuído para o mistério dos sentimentos, que podiam ser outros, opostos ao que ele esperava, cada hora uma coisa. O rapaz podia estar apaixonado ou não, queria e não queria ao mesmo tempo, e foi assim que ele avançou durante os primeiros meses, às cegas, procurando conter as expectativas, como se os projetos já não fossem possíveis na sua idade, até substituí-los por uma missão tão fantasiosamente romântica como qualquer outro projeto amoroso, apesar do aspecto altruísta que nesse caso tinha a ver com um suposto resgate do jovem amante desamparado. Assim ele pensava ou tentava se convencer, quando passaram a compartilhar a casa e a ideia não propriamente exata de que estavam juntos.

Ia fazer dois anos. Por resgate ele entendia uma forma de amor no fundo tão tradicional e impositiva como aquela que ele supunha substituir ou abandonar mas que ao menos lhe permitia uma flexibilização do amor-próprio, do orgulho que em outros tempos o teria levado a definir quase tudo como humilhação. Para salvar o namorado sabe-se lá do quê, do seu desamparo, da sua vulnerabilidade, estava disposto a passar pelo que antes lhe teria sido intolerável. Tentava ver nisso também uma forma de maturidade.

Por outro lado, a humilhação do namorado teria sido certamente menor se o colega que tomou a iniciativa de denunciar o diretor à polícia, Eusébio, não tivesse subido ao palco na mesma noite, como nas anteriores, com o teatro lotado, e antes da cena inicial, da qual ele também participava, interrompido sua fala com uma explicação ao público, deixando o ator a seu lado, que havia sofrido os mesmos abusos mas não tivera coragem de denunciá-los, ainda mais exposto em sua paralisia. Compartilhar mudo a cena de explicação pública de atos dos quais ele também se sentia vítima foi pior do que sofrê-los. Foi o que ele tentou fazer o namorado ver no dia seguinte, quando o namorado lhe mostrou o jornal. Não havia como resgatar para si a vingança de outra pessoa. Só lhe restava superá-la e seguir em frente.

O namorado o ouviu em silêncio antes de responder: "Quando a gente se conheceu, você me disse uma coisa bonita. Você me perguntou se eu me dava conta da sorte que era encontrar uma pessoa, uma ou várias, qualquer pessoa, todas as pessoas que você encontra na vida, porque aquele encontro, como todos os encontros de uma vida, era único, uma coincidência incrível e uma sorte. Você dizia que era uma sorte compartilhar o mesmo tempo, o mesmo mundo, e poder se encontrar, apesar da diferença de idade. Estava falando do amor. Acho que estava um pouco bêbado e queria me seduzir e eu estava encantado com o encontro, de modo que achei graça e não quis responder com o óbvio: que por terem nascido na mesma época que nós, um pouco antes ou um pouco depois, mas ainda assim por serem contemporâneas, algumas pessoas não representam a sorte mas uma sentença, uma sina e uma infelicidade. A sua compreensão romântica e benevolente do mundo não te permite entender que encontrar uma pessoa também pode estragar uma vida para sempre. O que estou tentando dizer é que, talvez, depois de quase dois anos, e isso também é bem triste, eu te ache um idiota".

O namorado se debateu por semanas antes de tomar a decisão. Esperou um mês depois de ele voltar do Brasil para lhe contar, naquela manhã, como se ele fosse seu pai e o namorado ainda precisasse do seu consentimento. Assim que o namorado desceu as escadas sem lhe dar ouvidos e ele fechou a porta do apartamento, tentou lembrar o diálogo final com o pai, no avião dentro da nuvem, depois da coisa do supositório, que, essa, ele nunca esqueceu. Na sua lembrança, era ele — e não o pai — quem tinha posto um ponto-final na disputa. Mais pela tirada irônica do supositório do que pela revelação da história dos substitutos. Sentia que se conseguisse reproduzir com o namorado algo daquele embate com o pai, se contasse a história do pai, sua primeira incursão com ele na selva, e acabasse dando a palavra final ao namorado, como ele também tivera a palavra final no avião, quando contou ao pai o fim da história das crianças gestadas no espaço, poderia apaziguá-lo, fazê-lo sentir-se como ele próprio em relação à memória paterna, poderia evitar que cometesse o erro de denunciar o diretor de teatro — e nunca mais se recuperar de uma vingança que, inconscientemente, visava mais a si mesmo do que ao diretor —, mas faltava uma parte da história, que o impedia de dar sentido ao todo. Sentia ou aprendera a sentir desde pequeno, porque era confortável, que ele era especial e que o pai se orgulhava da sua independência e do seu caráter, mesmo e sobretudo quando discutiam, no confronto, como se de alguma forma aquilo enobrecesse o pai por tabela, como se a força de caráter corresse no DNA, e assim o orgulho também circulasse entre eles, pai e filho, mesmo na disputa, e muitas vezes graças a ela, o orgulho era a herança da qual pai e filho se retroalimentavam, supostamente, parecendo se desentender, estar a um passo de mandar o outro para o inferno.

Era estranho que "suposição" e "supositório" tivessem

a mesma raiz, e possivelmente a mesma origem, ele pensou. Pôr debaixo. A suposição de pai e filho orgulhosos da independência um do outro, enquanto a história passava ao largo, por debaixo, a história do país, e daria até uma bela história, a história de um conflito de gerações bem resolvido, se não faltasse um pedaço.

Ele pensava em poder reproduzir entre ele e o namorado o intercâmbio de orgulho que o havia ligado ao pai no conflito. Pensava em contar ao namorado o voo a dois, pai e filho, sozinhos no coração do Brasil, a aventura da paternidade, para salvá-lo da vingança. Mas um oco o impedia. O oco era a memória, a história do país.

Sempre quis escrever sobre o pai e seu amor torto, mas no meio de tudo havia esse buraco, um obstáculo. Queria contar ao namorado a experiência de ter sido abandonado sozinho na fazenda, e assim fazer o elogio arrevesado da provação posta em perspectiva, a cura pela experiência, mas um ponto cego não o deixava narrar.

Assim como havia feito as malas e saído de casa, por pirraça, mas desistido na portaria do prédio, quando a mãe viajou para os Estados Unidos na véspera de seu aniversário de oito anos, sem preveni-lo, com o pretexto de levar os sobrinhos pequenos que tinham ficado para trás, no Rio, enquanto a irmã procurava uma nova casa num subúrbio de Nova York, também na fazenda ele pensou em ir embora a pé, por pirraça, mesmo sabendo que não havia saídas, quando o pai o deixou lá sozinho. Chegou a sonhar com a vingança, sob efeito do que dissera o filho do administrador sobre a guerrilha no trajeto até o rio. Pensou em se juntar à guerrilha. Queria contar ao namorado aquele sonho, que a vingança é uma ilusão suicida. E foi assim que começou a lembrar.

29. No metrô

Saiu de casa atrasado. A estação de metrô não ficava longe. Estava apinhada de gente que voltava para casa e que devia ter aproveitado mais algumas horas no centro, à saída do trabalho, para se encontrar com alguém, consultar um médico ou fazer compras. Já eram quase oito da noite de uma sexta-feira abafada. No vagão em que ele entrou, os passageiros liam a edição vespertina do jornal, sorriam eventualmente do que ouviam nos fones enfiados nos ouvidos, os olhos baixos, indiferentes ao que se passava ao redor. Apesar de tudo, estava confiante em encontrar o namorado e fazer as pazes com ele. Graças ao estranho altruísmo que desenvolvera com os anos, queria crer que agisse por amor, por desprendimento, pelo bem do outro. Em outros tempos, era possível que o orgulho não o tivesse deixado ir ao show. Agora estava num vagão de metrô, a seis estações do teatro onde a cantora inglesa se preparava para sua volta triunfal à cidade que a consagrara, depois de sete anos de ausência. Conseguiu um lugar espremido entre outros passageiros, perto da porta do vagão lotado, abriu o aplicativo do jornal no celular e de repente uma pequena notícia, que na edição impressa talvez lhe passasse despercebida por se encontrar espremida como ele, sob um título conformado entre horrores e desgraças, no canto inferior de uma página qualquer, chamou-lhe a atenção: "Desaparecem os Okano: último representante da etnia celebrada no documentário *O renascimento do mundo* morre aos 94 anos". Como se tomasse fôlego para prosseguir, levantou o rosto e observou seus companheiros de vagão. Quantos ao desaparecer levam junto uma civilização? Um mundo pode certamente desaparecer com o indivíduo, suas ideias, seus amores, mas uma civilização? Que responsabilidade carrega o último de uma civilização?, ele pensou antes de voltar ao texto na tela do celular. Higino fora internado com um quadro grave de pneumonia. Resistiu apenas dois dias no hospital. Seu filho caçula morrera atropelado seis meses antes, o último de quatro filhos. O repórter atribuía a doença de Higino ao desgosto pela morte do filho, um homem de cinquenta anos, solteiro, portador de um "déficit cognitivo grave" que o artigo não esclarecia. Os dois viviam num casebre na periferia de Alto Serro. Desde a morte do filho, Higino deixara de falar sua língua, cujos únicos registros, entre fitas, estudos linguísticos e um projeto de dicionário, haviam queimado no incêndio que um ano antes reduzira o Museu Nacional a pó. A mulher sentada no banco ao lado da porta puxou a bolsa depois de ele encostar nela sem querer, enquanto lia que os Okano haviam resistido a todo tipo de ataque ao longo dos séculos. A última aldeia fora massacrada numa guerra contra o garimpo ilegal. E foi ao ler que os Okano concebiam o mundo como um esforço de preenchimento — e o nomeavam com uma palavra que em sua língua também significava "oco" — que ele se deu conta pela primeira vez de que nunca soube o nome do povo indígena que vivia na fazenda do pai. Nunca se deu o trabalho de perguntar. Nunca se interessou. Nunca pensou que pudessem ter um nome e que esse nome pudesse revelar alguma coisa que ele ignorava, um segredo, uma dimensão perdida do mundo, uma saída que o pai dizia não haver. Era possível que tivesse decidido ser antropólogo, e estudar os Okano, por desafio ao pai, ao esquecimento, à naturalidade do desinteresse, ou antes, ao contrário, para esquecê-lo.

No estudo que ele escreveu sobre os Okano, e que abandonou antes de poder concluir, havia uma hipótese ambiciosa sobre a representação. A representação para os Okano, segundo ele, era uma encruzilhada, uma bifurcação. Não substituía a realidade, não acompanhava o mundo, em paralelo, como um duplo; era antes um desdobramento e uma possibilidade, resultado de escolhas. A representação era um dos caminhos possíveis, para o bem ou para o mal. Se fosse a escolha certa, o bom caminho, abria-se uma saída para o mundo. Se não, a estrada levava ao fim, à morte. Os Okano acreditavam que alguém lá atrás, na origem do mundo, havia feito a escolha errada ao se associar por amor a quem estava (ou viria a estar) envolvido na morte de um indivíduo da espécie que lhe dera origem, seu totem. Se a vida era o equilíbrio entre as mortes de espécies diferentes, todo esforço daí em diante se resumia a encontrar a representação correta, ou seja, a nunca se associar a indivíduos cuja existência comprometesse a sua, por corromper o equilíbrio de compensações. Se uma mulher tivesse nascido da compensação da morte de um homem por uma serpente (e portanto da conversão do espírito da serpente em mulher), não podia se associar a um homem que tivesse matado ou viesse a matar uma serpente, sob o risco de desequilibrar todo o sistema. Era o que explicava muitas vezes que, após matar um animal, um homem perdesse alguém da família, por ignorar que a vida daquela pessoa tivera origem na morte de um indivíduo daquela espécie. Sua tese era que, ao contrário das sociedades ocidentais, a representação para os Okano não era um elemento racional, inócuo, meramente reflexivo sobre a vida humana e a sociedade, seu duplo; da representação dependiam a vida e a morte. O que ele chamava de "procura da representação correta" era o esforço para determinar qual espírito animal (qual totem) estava na origem de cada ser humano e quais eram, em consequência, as associações possíveis em sua vida. A dificuldade da resposta estava na origem de todo o mal e de todo o eventual desequilíbrio do mundo. Na época, seu orientador, incomodado com os fios soltos da pesquisa, desafiou-o a mostrar que não estava reduzindo as representações dos Okano a preconceitos morais, cristãos, maniqueístas, dividindo o mundo entre boas e más escolhas, e por coincidência foi nessa altura que a vida deu uma guinada e lhe ofereceram um emprego a princípio sem maior interesse mas que lhe garantiria uma sobrevivência confortável por alguns anos, e ele optou por abandonar a antropologia.

No metrô, a caminho do show, logo depois de ler a notícia, ele lamentou em silêncio o equívoco daquela decisão. Não havia na mitologia dos Okano a possibilidade de reparação além das compensações. Tampouco para ele havia volta ou esforço capaz de reparar o tamanho do erro, fruto de covardia mais do que de cegueira; não havia como refazer o equilíbrio, reencontrar a boa representação de si. Ele acreditava poder ao menos se redimir com o namorado, contando sua história com o pai na selva e a história da guerra no outro planeta. Alguma coisa ainda devia ser possível salvar.

Ao mesmo tempo, a notícia da morte de Higino punha em dúvida tudo o que ele havia suposto sobre os Okano. A notícia dizia (o que para ele era novidade, a ponto de chegar a suspeitar por um momento da idoneidade do jornalista) que, dependendo do contexto, os Okano nunca pronunciavam certas palavras, que no entanto existiam em sua língua. Eles as substituíam por outras, de modo que o que estavam dizendo nunca era exatamente o que estavam dizendo. Um discurso aparentemente prosaico muitas vezes continha um sentido velado, sagrado, que ninguém de fora entendia. O artigo dizia que os Okano enganaram todo mundo, até os antropólogos.

30. As mãos

Na véspera, enquanto o namorado tomava banho, ele ouviu na TV que uma sonda espacial enviada aos confins do universo atingira uma "parede" à saída do sistema solar, a mais de seis bilhões de quilômetros da Terra, onde o Sol deixa de exercer sua influência sobre os planetas, na fronteira onde o hidrogênio interestelar se acumula contra a energia dos ventos solares. Fora uma nuvem de cometas que se interpusera em sua rota, a parede de hidrogênio era o principal obstáculo enfrentado pela sonda à saída do sistema solar. Era como se uma capa, uma membrana impermeável, isolasse a humanidade, ele pensou, preservando o resto do universo de sua ação destruidora e suicida, e pondo por terra, entre outras, a premissa da ficção científica de sua infância. Nem por isso, segundo a reportagem, a sonda deixara de seguir em frente, em sua rota inabalável para os confins do universo.

A semana não fora exatamente produtiva, o que tornava a expectativa do show de sexta-feira à noite menos uma recompensa do que a coroação de sua inutilidade. Fazia dias que ele tentava avançar e a dificuldade parecia apenas confirmar a futilidade do projeto que vinha tentando desenvolver sobre os algoritmos. Tentava fazer o elogio do erro como saída para um mundo que se estreitava e se desumanizava, um mundo do qual, segundo tudo indicava, o ilógico, o absurdo e o inconsciente seriam banidos pela inteligência artificial. Era um projeto ambicioso e cheio de contradições que ele não sabia resolver. Já não escrevia sobre culturas indígenas. E já não tinha certeza de que se interessasse realmente pelo que pensava. Se o erro era a saída para o estreitamento do mundo, que é que ele tanto repreendia na lógica do namorado? O rapaz chegou tarde em casa, esbaforido, precisando de um banho. Mal o cumprimentou ao passar pelo escritório a caminho do banheiro. Não estava a fim de papo. Desde que se conheceram, ele assumira naturalmente, pela diferença de idade, o papel da razão contra a inconsequência da juventude. Assim se seduziram e se completaram, mas já não era o caso. O corpo do namorado debaixo do chuveiro lembrava o do avô materno, com quem ele tomava banho depois de voltarem da praia, quando era pequeno, no Rio. A cintura alta, afunilada. Ele tocou o ombro do namorado de olhos fechados debaixo d'água.

"Quer entrar?", o rapaz perguntou, abrindo os olhos sem muita convicção.

"Não. Está tudo bem?"

"Tudo. Por quê?", o namorado rebateu, sem disfarçar a irritação.

"Nada. Estava vendo na TV uma reportagem interessante sobre uma barreira invisível ao redor do sistema solar. Depois a gente conversa. Vou me deitar. Você apaga tudo?"

Notara a semelhança já na primeira vez que dormiram juntos, quando o namorado se levantou da cama para fumar. Não era só a cintura alta, que ele associava, talvez por fotos de arquivo, à dignidade silenciosa do trabalhador imigrante no Brasil do início do século XX, mas os próprios gestos e alguma coisa na expressão dos olhos. O avô materno fora o primeiro a lhe dizer que todo mundo procura alguém na vida mas só alguns têm a sorte de encontrar. Tinha acabado de perder a mulher com quem vivera mais de trinta anos e, durante alguns meses, enquanto moraram juntos, o neto se convertera numa distração do luto. Aos domingos, o avô o levava à praia de manhã, almoçavam e passavam a tarde juntos. Aquilo acabou quando, menos de dois anos depois da morte da mulher, ele sofreu um AVC fatal.

Ele passara semanas medindo as palavras para tentar dissuadir o namorado, e ainda assim acabaram brigando. Não queria magoá-lo, apesar do desconforto de se ver condenado a ouvinte e cúmplice de um erro potencialmente irreparável. Sempre que dizia o que pensava, mesmo pisando em ovos, era um desastre. Podia ter sido pior, podia ter perdido a paciência e aberto a alma, sem cerimônia, de igual para igual, como em outros tempos, se tivessem a mesma idade.

"Qual é a graça de chutar cachorro morto? Você sabe que não é o primeiro. Ou talvez seja por isso, pela irritação e pela vergonha de não ter sido o primeiro? Para recuperar o tempo perdido? Por inveja? O que você ganha exatamente com a denúncia? A pergunta é insuportável? Ah, a dignidade? Você recupera a honra? Claro. Mas não percebe a perversão da coisa toda? Que honra é essa que precisa esperar pelos outros para se manifestar? Que outros?! Quem o denunciou antes de você. Ou você acha que ninguém vai perceber a falta de originalidade do seu ato? E que nesse caso originalidade e coragem andam juntas? Não estou julgando nada. Estou te alertando, para depois você não se arrepender. Se é para mostrar para os outros, é melhor saber o que é que eles vão ver de verdade. E o que querem ver. Ninguém é completamente tolo. Por mais que linchar bodes expiatórios seja um velho prazer coletivo, uma velha diversão gregária. Por mais que se linche em nome da honra, ela nunca está com os que linham. É o que o futuro guarda, a honra morre com a vítima. Não, nunca fui molestado. Não sei o que é ser obrigado a manter relações com um homem para ganhar um papel secundário numa peça. Não sou ator. Não, não sei o que é sofrer a humilhação de passar por acompanhante em festas e jantares onde grandes diretores, muito maiores do que aquele que as circunstâncias te condenaram a acompanhar, te fulminam ou simplesmente ignoram com o desprezo reservado aos arrivistas sem talento, enquanto adulam os atores que não precisam fazer nada para conseguir os papéis principais. Não, eu nunca soube o que é ser condenado a passar de cama em cama para sempre acabar em segundo plano", ele poderia ter dito, e teria dito, se não fosse o amor.

Se o namorado agora o evitava, era porque já não estava disposto a ouvi-lo. Tinha superado a fase da argumentação. Tudo havia mudado nas últimas doze horas, desde que ele lhe comunicara sua decisão irrevogável. Saíra de casa de manhã e desde então não atendera o telefone. Ele tentava se convencer de que o show seria uma excelente ocasião para fazerem as pazes. Compartilhavam o gosto pela cantora inglesa, que o namorado nunca tinha visto ao vivo. Tinham comprado os ingressos com meses de antecedência. "Você vai ver do que ela é capaz no palco", ele desconversara, em vez de se desculpar, pondo fim a uma entre tantas quedas de braço que travaram nas últimas semanas, quando, cansado de se sentir ofendido, o rapaz o ofendera, associando-o ao diretor de teatro, por afinidade geracional, como se formassem uma classe de velhos.

Ele achava que o show pudesse produzir no namorado um efeito semelhante ao que o iluminara trinta anos antes, quando tinha a idade dele, passava por uma crise difícil e afinal vislumbrou, ouvindo um dos primeiros discos de um compositor célebre em seu país, uma possibilidade de futuro. Queria fazer o namorado entender que, por mais que a vingança lhe parecesse justa, era muito possível que também comprometesse sua integridade e seu futuro, deixando marcas talvez mais difíceis de superar do que o próprio trauma que a motivara. Ensaiava o texto em sua cabeça, porque no fundo não tinha tanta convicção. Nunca sofrera abuso nenhum, nunca fora estuprado. Entretanto, de uma forma que a experiência e a idade lhe conferiam, parecia poder aquilatar as consequências sobre um rapaz que apenas procurava a redenção, mas cujo motivo não era tão claro quanto ele dizia ser. Não temia apenas que a vingança fosse vista como um ato de ressentimento; temia que o próprio namorado terminasse por senti-la assim e que esse sentimento nunca mais o abandonasse, que passasse a defini-lo daí por diante, que todos os seus atos guardassem o gosto amargo de serem incomparáveis àquela vingança que já nascera torta, tentativa de se equiparar à iniciativa de outro ator, que tivera a coragem ou as condições que ele mesmo não teve para denunciar o diretor de teatro quando ninguém pensava em fazê-lo.

Conforme maquinava o texto em sua cabeça, em casa, na rua ou no metrô, nas horas vagas, no banho, antes de dormir, também crescia a dúvida, contra a qual lutava, é claro, de que talvez a idade, como acusara o namorado, de fato o estivesse levando, se não a tomar o partido, pelo menos a dar algum crédito ao diretor de teatro. Sempre o desprezara, mesmo sem o conhecer pessoalmente, sempre o havia considerado um homem e um criador abominável, teria tudo para também comemorar a vingança do namorado. Mas não era o diretor de teatro que o movia na urgência de demover o namorado. Queria poupá-lo, separá-lo da obsessão. Sem saber explicar, sem encontrar as palavras certas, temia que a vingança o condenasse a ser o que ali ele ainda podia evitar. "Não sei como te dizer", ele tentou dizer ao namorado numa das brigas. "Quero me solidarizar com a sua dor, mas não faço ideia do que seja." Bastou abrir a boca para ouvir que mentia. O que ele via na revolta do namorado era a dor de um homem inconformado em ser quem ele era. A denúncia se confundia com a esperança do que era impossível reparar.

Ele não disse, mas poderia ter dito, se não fosse o amor, que costumamos substituir o algoz pela vítima. Quando não podemos cobrar do mais forte, cobramos do mais fraco, do primeiro infeliz que cruza nosso caminho. Para remediar as injustiças, fazemos pagar o mais fraco, o vulnerável, o que está ao alcance das mãos. Serve de bode expiatório para a nossa sanha justiceira. Não é raro substituir a falta de justiça por outra injustiça, maior ou menor não vem ao caso, para nos sentirmos melhor. Pagamos a falha com uma injustiça que nos liberte do lugar dos injustiçados, muitas vezes sem perceber que nos condenamos. Infeliz do justiceiro que desperta para a culpa do seu ato. Precisamos fazer alguém pagar pelo difuso, pela nossa infelicidade. Alguém terá de pagar sempre. Muitas vezes esse culpado é um espelho invertido, por isso ele se confunde com a vítima, ele reflete os que o condenam mas que só veem a própria redenção.

Não foi o que ele disse, não exatamente, mas o namorado o entendeu e respondeu à altura: "Só falta você me dizer que não há culpados no mundo, que a culpa é de Deus".

"Só estou dizendo que passamos a vida substituindo os verdadeiros culpados."

"E neste caso o culpado é quem? Eu? Ele tem que pagar pelo que fez. Quer saber? Demorei a entender. Você é um frouxo. Só porque está num lugar confortável, imune, não quer dizer que nunca tenha sido vítima e que em algum momento da sua vida não lhe tenha faltado a força e a coragem para reagir. Afinal, qual é o problema de incriminar um homem que é puro crime?"

"O problema é que ninguém é puro crime."

Ele esperava que o show pudesse predispor o namorado a ouvi-lo, apesar das palavras canhestras dos últimos dias; esperava que o eco daquelas canções os pusesse em sintonia e que aí o entendimento também se amplificasse. Seria a ocasião para lhe contar a aventura com o pai no interior do Brasil, a complexidade ambígua daquela relação, e quanto mais se esforçava para dar uma lógica à lembrança, mais se confrontava com um obstáculo, o vazio isolado por uma membrana invisível.

A saída do metrô fica bem na frente da entrada principal do teatro. A fila vira a esquina e se confunde com a multidão que se aglomera diante da bilheteria e das portas laterais, disputando ingressos de última hora. O namorado não está onde haviam marcado antes da briga. Depois de vinte minutos de espera, sem conseguir falar com ele por telefone, ele decide entrar. O namorado tampouco está no foyer, tem o ingresso, é possível que já esteja na sala. Ele liga mais uma vez e deixa um recado antes de entrar. É um teatro enorme, que foi cinema e, antes de cinema, sala de espetáculos de variedades e de horror. Há três balcões e uma galeria. As poltronas da plateia foram removidas. A plateia é uma grande pista de dança. Ele procura o namorado entre os espectadores que começam a tomar a sala. Em vão.

Conforme avança a hora, ele vai ficando mais inquieto. Quando as luzes se apagam, sente a mão de alguém resvalar na sua e se retrai. Tenta acostumar os olhos à penumbra, tem dificuldade de distinguir os rostos ao redor. Quando o palco enfim se ilumina com a presença da cantora, ele se vira para o homem que o tocou, e que agora a aplaude com fervor, e constata que não é o namorado. A cantora atravessa o palco. Usa um short minúsculo, colete e gargantilha, tudo de couro. É uma mulher pequena, magra e sinuosa, com os cabelos pretos alisados, espetados nas pontas, que se movimenta com a eletricidade e a violência de um animal tentando escapar de uma armadilha para sobreviver. É o que ele infere de onde está. Assistir a um show dela era um sonho antigo do namorado. Antes da quinta canção, a cantora faz uma pausa para beber um gole de cerveja e pegar a guitarra encostada num sintetizador. O público se inflama, aplaude e dança ao reconhecer os acordes. Espectadores descem dos balcões e das galerias e invadem a plateia. Dirigem-se para o palco. O desconhecido a seu lado desaparece, esgueirando-se entre os outros espectadores. Alguns o empurram ao passar por ele. Ele toma coragem e também avança na direção do palco, onde se aglomera a massa de espectadores. É aí que, depois de alguns minutos, ele tem a impressão de ver o namorado entre os fãs e tenta alcançá-lo. Chama seu nome. Repete. O namorado o vê, vai até ele e o beija na boca como se fossem dois desconhecidos. É estranho. Assim como se aproximou, o namorado se afasta e desaparece depois de beijá-lo, sem dizer nada, como se não se conhecessem. Ele demora a entender. De-

224

mora a entender que o namorado não vai voltar, que aquele era um beijo de despedida. O vazio se impõe, mas já não é o oco no centro de suas lembranças. É uma tristeza cheia de significados que ele não consegue apreender. Tudo em alta velocidade. É tão rápido, improvável e surpreendente que ele mal se dá conta de que está numa nova dimensão da consciência. Quando pensa em si e na sua experiência no mundo, ele diz "nós", baixinho, para dentro, para compensar o desamparo. É tudo ao mesmo tempo inexplicável e plenamente compreensível. Lembra-se de todas as coisas, simultâneas, numa velocidade desvairada e, ao lembrar, compreende, como se fosse muitos ao mesmo tempo, nós, eles, o algoz e a vítima num único homem, que a lembrança não é só sua. Faz parte de um mar de corpos dançando de olhos fechados e os braços jogados para cima. Apesar da tristeza, não se lembra de alguma vez ter se sentido tão livre, a ponto de achar que não merece essa liberdade. Então, por um momento, também fecha os olhos e levanta os braços, como o público que o cerca, balançando a cabeça. Balbucia frases antes de saber de onde elas vêm, como se contasse ao namorado: "Do que ele se lembra, a cidade era cortada por um rio. Ele não diz o nome do rio nem o da cidade, mas nós sabemos os nomes". Assume uma voz estranhamente coletiva, nós, os outros. O som da guitarra ressoa pelo espaço, em sintonia com a voz cada vez mais poderosa da cantora, capaz de fundir o teatro e o público numa nave que avança pelo universo com os últimos humanos em busca de um planeta onde possam sobreviver. A nave de sua infância. Dentre as coisas de que ele se lembra, como se o universo de repente se concentrasse num instante, surge o diálogo entre o pai e o administrador, no rádio, o altar da voz na noite da fazenda. Sobressai a pergunta do administrador: "Qual a garantia?". Ele não pode reproduzir a resposta exata do pai, mas se lembra do sentido, tem a ver com a mão de alguém. O pai diz ao administrador, no rádio, que guarda a lembrança vívida da mão que uma vez apertara já com o propósito de um dia precisar reconhecê--la separada do corpo.

Então, o choque de uma barreira invisível, uma parede onde o Sol deixa de exercer sua influência sobre os planetas e o hidrogênio interestelar se acumula contra a energia dos ventos solares, lança-o para trás e o deixa boiando no espaço, sem gravidade. Numa frequência muito lenta, ele volta a ouvir os versos de uma nova canção: "*Now the message is sent. Let's bring it to its final end*". A mulher canta deitada no chão do palco, como se provocasse à maneira de uma criança os que, como ele, tentam em vão avistá-la, na ponta dos pés. O que ele vê no lugar da cantora caída é o imenso painel de luzes piscando ao pé do Pão de Açúcar, o luminoso do pai, entre espectadores que de repente parecem cair como corpos celestes ao som da música. A diferença é que o frenesi das luzes de sua infância era acompanhado de silêncio. As lâmpadas do luminoso piscavam sem dizer nada a quem se encontrasse embaixo delas, demasiado próximo para entender o que escreviam em meio ao caos hipnotizante de luzes acendendo e apagando, aparentemente desgovernadas. Era preciso se afastar para ver o sentido, as palavras e as frases surgindo e desaparecendo lentamente na distância.

Então, ele ouve o pai no rádio, o altar da voz improvisado na despensa atrás da cozinha, no lugar do palco, na noite da fazenda: "charlie-oscar-romeo-romeo-echo-romeo-india-alpha", e pela primeira vez entende à distância, na sala de espetáculos, o que aquele código quer dizer, como se nunca o tivesse esquecido, como se de alguma maneira sempre tivesse sabido, desde a noite na fazenda. Aquelas palavras formavam um acrônimo: "c-o-r-r-e-r-i-a". Ele desata a chorar no meio de gente que dança e não parece compreender, enquanto a cantora no palco canta *"One day, I know, we'll find a place of hope, there's no one to blame, just hold on to me"*. É o que ele ouve enquanto vê, no lugar de gente dançando, a matança de homens, mulheres, velhos e crianças, assassinados no centro da aldeia, fugindo de suas casas, tentando alcançar a mata. Quatro homens saem no encalço de um rapaz, na verdade o chefe da aldeia, que escapa por entre arbustos e árvores, perseguem-no, perseguem e matam uma mulher com uma criança nos braços, e depois de ela cair, a menina que lhe arranca a criança dos braços e corre, e depois da menina, a criança, para que ninguém sobreviva para contar. É ele agora a testemunha tardia, o sobrevivente diferido, encarnado pelas vítimas no meio dessa gente dançando. Cada um dos quatro assassinos carrega uma espingarda, um facão e uma pistola. Ele vê os corpos caindo. Mas são os assassinos que gritam, possuídos pela alegria do horror. Os corpos caem calados. *"Now is the time to follow through, to read the signs"*, ele ouve a cantora no palco, e uma onda de calor toma conta da plateia como se uma bomba tivesse explodido no meio da sala. Ele não para de chorar. À sua volta o mundo é um amálgama de corpos que correm, caem e se levantam num imenso espasmo provocado pela música. Tudo ao mesmo tempo tão simples e tão incompreensível. O que ele esperou para saber? Para ler os sinais? O que esperou para entender? Uma mulher com o cabelo preso numa gaforinha por pouco não o derruba ao passar por ele na direção do palco, deixando para trás, enquanto dança, uma mão perdida que o atinge em cheio no peito. *"... just hold on to me"*, a cantora inglesa repete, saltando, correndo, e é quando ele vê o assassino sair da mata trazendo a mão de alguém ensanguentada. A mão do chefe. O assassino a ergue para os outros, como um troféu, a prova, e grita. *"One day there will be a place called us"*, ele ouve no lugar do grito, mesmo se não for exatamente o que ela canta no palco, porque não faz sentido, nenhum sentido, um lugar chamado nós.

ESTA OBRA FOI COMPOSTA PELO ACQUA ESTÚDIO EM MERIDIEN
E IMPRESSA EM OFSETE PELA GRÁFICA PAYM SOBRE PAPEL PÓLEN NATURAL
DA SUZANO S.A. PARA A EDITORA SCHWARCZ EM SETEMBRO DE 2023

A marca FSC® é a garantia de que a madeira utilizada na fabricação do papel deste livro provém de florestas que foram gerenciadas de maneira ambientalmente correta, socialmente justa e economicamente viável, além de outras fontes de origem controlada.